베를린에는   육개장이   없어서

베를린에는 육개장이 없어서

전경진 산문집

안온

Alex, gewidmet, in Dankbarkeit.
알렉스에게 감사한 마음을 보내며.

1부

할로, 요나스

집을 찾아서

  엘리베이터가 덜컹하며 반 층 아래로 떨어지는 찰나 주변이 슬로모션으로 보였다. 방금까지 벽에 기대 스마트폰을 두들기던 남자는 우스꽝스러운 자세로 공중 부양했다. 얼굴에 짜증이 가득한 독일인 아주머니의 구두가 벗겨지며 내 얼굴을 스쳤다. 별안간에 꺼져버린 땅에 놀란 나는 허공에 두 손을 휘적거렸다. 쿵 하는 소리와 함께 추락이 멈췄을 때 모두가 동시에 바닥에 부딪히며 비명을 질렀다.
  "망할 놈의 엘리베이터!"
  비틀비틀 자리에서 일어난 독일인 아주머니는 욕을 뱉으며 비상벨을 부셔버릴 기세로 눌러댔다. 다시 덜컹하고 엘리베이터가 움직이자 아주머니는 중심을 잡지 못하고 휘청거렸다. 옆을 보니 애인의 얼굴이 창백했다.

"다쳤어?"

애인의 대답이 문과 벽면이 긁히며 나는 소음에 묻혀 잘 들리지 않았다. 비로소 땅층(Erdgeschoss, 한국식 1층)에 도착하자마자 모든 승객이 쏟아지듯 뛰쳐나왔다. 땅을 밟고 나서야 손이 덜덜 떨리고 있는 걸 알았다.

사람들은 빠르게 흩어졌다. 누구 하나 괜찮냐고 서로에게 묻지 않았다. 어학원에서 숙소랍시고 내준 아파트는 이런 곳이었다. 이웃끼리 인사조차 하지 않는 베를린 동쪽 변두리 낡은 15층짜리 아파트. 자잘한 사고쯤은 이슈조차 되지 않는 장소.

두 달 전부터 같은 사고가 반복됐다. 노후된 엘리베이터는 갑자기 멈추는 것도 모자라 덜컹거리거나 한 뼘 정도씩 아래로 툭툭 떨어지곤 했다. 지난달 초 어학원에 수리를 요청했지만 감감무소식이었다. 어학원은 지독하게 무관심하고 게을렀다. 정해진 양식에 이름과 사인만 넣으면 완성인 어학 증명서도 하루에 한 번 이상 프런트를 찾아 요청의 요청을 거듭해야 겨우 받을 수 있었다. 증명서가 손에 들어오기까지 꼬박 5주가 걸렸다. 나중에 얘기를 들어보니 브로커를 두고 중국 학생들에게 숙소와 학원비를 바가지 씌우는

어학원으로 유명했다. 어쩐지 학생 중 열의 일곱은 중국인
이었다.

　홀린 듯 에스반(독일식 전철)에 타고 나니 슬슬 열이 올랐
다. 애인에게 울화통을 터트릴까 했지만 그는 아직 얼이 빠
진 채였다. 학원에 도착하자마자 한바탕할 생각으로 중얼거
리며 할 말을 연습했다. 외국어로 싸울 준비를 하면 문장을
만들다가 화가 풀리곤 했다. 이번에는 화가 풀리지 않게, 동
사와 시제를 생각하고 적절한 단어를 찾으면서도 엘리베이
터에서 떨어지던 순간을 곱씹고 곱씹었다. 덕분에 울그락불
그락한 얼굴을 학원 프런트까지 그대로 가져갈 수 있었다.

　"안녕? 내가 한 달 반 전에 엘리베이터 고장 났다고 너한
테 말했던 거 기억해?"

　"응."

　어김없이 심드렁한 여자 직원을 마주 보고 있자니 준비
한 영어 문장이 꼬일까 조마조마했다.

　"오늘 엘리베이터가 추락했어! 한 달 반이나 전에 수리
를 부탁했는데 왜 아직도 고쳐지지 않는 거야? 누군가 죽기
를 기다리기라도 하는 거야?"

　"오케이. 건물 담당자에게 엘리베이터 수리를 다시 요청
해둘게."

"너는 이미 나한테 두 번이나 똑같이 말했어. 진짜 사람이 죽을 수 있다고. 나는 정말 이런 곳에서 살고 싶지 않아."

직원은 대답 없이 말을 알아들은 건지 아닌 건지 알 수 없는 표정으로 나를 쳐다봤다. 입술 한쪽을 씹고 턱을 만지작거리던 그는 좋은 생각이라도 난 듯 종이 한 장을 꺼내 보였다.

"네가 원하면 이번 달 말로 숙소 계약을 종료할 수 있어."

고작 말한다는 게 계약 종료라니! 기가 막혀 귀가 뜨거워졌다. 홧김에 보란 듯이 종이를 잡아채 냅다 사인을 갈겨버렸다. 그러든지 말든지 여전히 심드렁한 직원은 신청서를 보며 독수리 타법으로 뭔가를 느릿느릿 컴퓨터에 입력했다. 못해도 15년은 쓴 듯한 프린터가 한 땀 한 땀 글자를 인쇄하는 동안 나는 틀린 그림 찾기 게임 속 힌트처럼 혼자 부들부들 몸을 떨었다. 한참이 지나 계약 종료 확인서를 받을 때쯤에는 그마저 머쓱해졌다. 분노가 지나간 자리에 불안이 스며들었다.

마침 이사를 생각 중이던 애인은 계약 종료 소식에 기뻐했다. 같은 방을 쓰는 게 내심 스트레스였던 우리는 따로 집을 구하기로 했다. 애인은 별걱정이 없어 보였다. 그는 어머니의 도움을 받아 주변 임대료보다 좀더 비싼 유학원 원룸 숙소를 얻을 거라 했다. 나에게 원룸은 사치였다. 그나마 가능한 선택지는 다른 사람과 집을 나눠 쓰는 WG(Wohngemeinschaft, 공유 주거)였다. 쉽게 말하면 셰어하우스다.

집을 비우는 데 주어진 시간은 3주가 조금 안 됐다. 발등에 불이 떨어지니 낮에 어학원에서 성질낸 일이 후회스러웠다. 내일 학원에 돌아가 사정을 말하고 계약 종료를 무를까 했지만 자존심이 허락하지 않았다.

숙소에 도착하자 불안이 폭발했다. 집과 관련된 모든 채널을 업데이트하고 이메일과 메신저를 넘나들며 저녁에만 예순 통이 넘는 신청서를 썼다. 답장을 받은 건 고작 네 통이었다. 그마저도 두 통은 사기 이메일이었다. 돈을 보내주면 열쇠를 우편으로 보내주겠다는 말도 안 되는 내용이었는데 뻔뻔하게 스카이프로 말을 거는 사기꾼과 입씨름했다. 나를 죽이겠다는 사기꾼의 메시지에 너보다 내가 먼저 너를 찾아서 죽일 거라고 대답하고 차단해버렸다. 아주 잠시 사기꾼이 나를 찾아오는 상상에 오싹했다. 그렇게 새벽까지 눈을 벅벅 비비다 지쳐서 잠들었다.

다음 날 두 통의 메시지가 새로 도착했다. 첫 번째 메시지는 영어, 두 번째 메시지는 독일어였다.

[첫 번째 메시지]

헤이, 사랑스러운 메시지 고마워.

우선 집에서 같이 얘기할까?

친절한 메시지를 따라서 향한 곳은 노이쾰른(Neukölln)
의 헤르만플라츠(Hermannplatz). 노이쾰른은 베를린의 대표
적인 게토(Ghetto)다. 젊고 가난한 다국적 예술가들이 모여
사는, 소위 말하는 힙(Hip)한 지역이지만 치안은 별로 좋지
않다. 당시 나는 노이쾰른에서 일했기 때문에 이러나저러나
상관없었다.

헤르만플라츠는 노이쾰른의 대표적인 광장이다. 주변에
는 아랍 식료품점과 레스토랑이 빽빽하게 자리를 잡았고,
중간중간 유명한 바나 카페가 섞여 있다. 헤르만플라츠에는
우반(U-Bahn, 독일의 지하철)역이 있는데 역 앞에서는 한국
의 오일장 같은 마켓이 자주 열린다. 첫 번째 집은 헤어만플
라츠 우반역에서 걸어서 2분 거리라고 했다.

나는 첫 번째 집을 보기도 전에 이미 신이 났다. 직장에
서 가깝고 사진으로 본 방도 상태가 좋아 보였다. 2인 WG
였는데도 가격이 300유로대라 아주 저렴했다. 왜 아직 이
집이 남아 있는지 이해할 수 없었다. 덩실덩실 가벼운 발걸

음으로 역에서 내려 구글 지도의 경로를 따라 2분을 걸으니 정말 제시간에 도착했다. 건물을 보자 들뜬 마음이 조금 차분해졌다.

건물은 아주 오래되어 보였다. 초등학교 저학년 시절에 살았던 낡은 16평 짜리 주공아파트가 떠올랐다. 외벽의 검정 페인트는 회색에 가깝게 바래 있어서 을씨년스러운 분위기를 냈다. 건물의 땅층에는 커다란 스포츠 도박장이 있었다. 시트지로 유리창을 모두 가렸는데 살짝 열린 문으로 각종 스포츠 중계 소리가 흘러나왔다. 슬쩍 엿보니 꼬질꼬질한 행색의 사람들이 손에 무언가를 쥐고 TV를 바라보고 있었다. 그제야 아직 집이 남아 있는 이유를 짐작할 수 있었다.

투박한 남색 철제 대문 옆 벨을 누르니 얼마 안 돼 여자 목소리가 아주 작게 들렸다. 아무래도 스피커가 고장 난 듯했다.

"4층 으른쪽 즈비야"

"뭐라고? 잘 안 들려!"

"4층 오른쪽 집이라고!"

작은 목소리가 결국 소리를 지르고 나서야 겨우 알아들을 수 있었다.

끼이익 소리를 내며 대문이 열리자 한기가 훅 뿜어져 나왔다. 기대하지도 않았지만 당연히 엘리베이터는 없었기에 어둡고 지저분한 계단을 올라갔다. 독일에서 잘 볼 수 없는 나선형 계단이었는데 손잡이 봉에 온갖 물건이 걸려 있었다. 유모차, 킥보드, 휴대용 쇼핑카트 같은 생활용품이었다. 모두 낡고 얼룩덜룩했다. 한 층씩 오를 때마다 생활 소음이 들렸다. 주로 아이 울음소리나 어느 나라 말인지 모를 언어로 통화하는 소리였다. 층고가 높아서 4층(한국식 5층)에 오르기도 전에 숨이 목까지 찼다.

"헤이, 여기야."

4층 오른쪽 집에서 똑 단발의 백인 여자가 고개를 빼꼼 내밀고 말했다. 빨간 립스틱에 기모노 스타일의 재킷을 입은 여자는 메시지에서처럼 친근했다.

"여기까지 오느라 힘들진 않았어?"

"괜찮았어. 주변에서 일해서 자주 오거든."

"완벽하네!"

여자는 강한 영국 억양으로 한 문장에 한 번씩 '러블리(Lovely)'나 '블릴리언트(Brilliant)' 같은 추임새를 넣었다. 억양이 세서 알아듣기 힘들었다.

여자를 따라 들어간 집에서 먼저 눈에 들어온 건 집을 뒤덮은 초록색 카펫과 아이보리색 벽지였다. 따로 임대하는 방만 빼고 모든 공간이 같은 색이었다. 사이트에는 방 사진만 덩그러니 올라와 있었는데 우연이 아니었다. 초록색 카펫 위에 서 있으니 당구공이 된 기분이었다.

집에는 잡동사니가 많았다. 특히 직접 그린 듯한 페인팅과 드로잉이 사방에 세워져 있었다. 발 디딜 곳이 마땅치 않아 곤란해하니 여자는 자신의 방으로 들어오라고 했다. 여자의 방은 오브제로 뒤덮여 있었다. 아메리카 원주민의 드림캐쳐, 튀르키예 악마의 눈, 어디서 왔는지 알 수 없는 나무 탈……. 신앙과 관련된 물건이 대부분이었는데 국적도, 종교도 모두 뒤죽박죽이었다. 머리만 덩그러니 잘려 있는 부처상도 있었는데 자세히 보니 향초였다.

여자는 허둥지둥 물건을 한쪽으로 치우더니 바닥에 앉으라고 했다. 바닥엔 먼지가 많았다.

"방이 조금 지저분하지?"

"괜찮아."

"집을 직접 보니까 어때?"

나는 웃으며 좋아 보인다고 거짓말을 했다. 여자는 뿌듯한 표정을 지었다.

"너는 베를린에 온 지 얼마나 됐어?"

"이제 5개월 차야."

"세상에, 귀엽기도 하지. 나는 8년 됐어. 시간이 이렇게 빨라. 너는 어디서 왔어?"

"한국에서 왔어."

"나는 런던에서 왔어. 휴가로 베를린에 클러빙(Clubbing) 하러 왔다가 정신 차리니까 8년이 지나 있네?"

여자는 갑자기 웃음을 터트렸다. 한참 동안 거의 눈물이 고일 정도로 웃더니 다시 말을 이었다. 나는 뻘쭘해서 두리번거리며 방을 구경하는 척했다.

"여기서 뭐 하면서 지내?"

"나는 한국 레스토랑에서 일해."

"어디?"

나는 내가 일하는 레스토랑의 이름을 말했다. 여자는 손뼉을 치고 발을 동동 굴렀다. 자기가 좋아하는 레스토랑이란다. 여자의 들뜬 모습이 슬슬 기괴해 보이기 시작했다. 여자는 자기가 좋아하는 메뉴의 이름을 줄줄이 나열했다. 텅 빈 눈으로 여자의 말에 맞장구를 쳤다.

"나는 DJ가 되려고 했는데 재미가 없어서 요즘은 그냥 집에서 지내. 가끔 알바하면서 용돈 벌고……"

"나는 네가 화가인 줄 알았어."

"아! 그림은 취미야. 원래 대학교도 갈까 했는데…… 뭐

랄까, 직업으로 하기엔 내가 너무 그림을 사랑해서 가지 않았지. 무슨 말인지 이해가 가?"

전혀 이해가 가지 않았지만, 고개를 끄덕거리며 '알 것 같다'고 답했다.

"어학원은 다녀?"

"응. A2 레벨이야."

"5개월 차면 어학원 열심히 다녀야 해. 나를 봐. 8년을 살았는데 독일어를 한마디도 못 하잖아. 베를린 사는 사람들 죄다 영어를 하니 독일어를 배울 수가 있어야지. 첫 해에 어학원을 좀더 열심히 다녔으면 지금이랑은 달랐을 거야."

"아…… 응."

"절대로 멈추지 마. 절대로 멈추면 안 돼. 지금 멈추면 나중엔 절대로 못 배운다고."

이제 와 생각해보면 꽤 통찰력 있는 조언이었다.

"네가 귀여운 사람이라 정말 다행이다. 나는 벌써 네가 마음에 드는데?"

여자는 내 손을 잡고 흔들었다. 나는 부담스러워 총기를 잃기 시작했다. 여자는 신경도 안 쓰고 내 손을 잡아끌며 집 안 곳곳을 보여줬다. 방 두 개에 작은 주방, 화장실이 전부인 아담한 집이었다. 벽지 곳곳이 울어 있었다. 주방 싱크대에는 설거지를 하지 않은 접시가 쌓여 있었고, 화장실 타일은 온통 찌든 때로 가득했다. 창문이 작아서 방이 서늘하고 음침했다. 낮에도 작은 스탠드는 켜놔야 할 정도였다. 장점이 영 없었다.

"건물에 자전거 보관대는 있어?"

당시 나의 보물 1호는 월급을 모아 큰맘 먹고 산 자전거였다. 여자는 음침하게 웃었다.

"1층에 있기야 있지. 근데 다 낡은 자전거밖에 없어. 알지?"

"응?"

"여기는 노이쾰른이잖아. 네 자전거가 내 자전거고, 내 자전거가 네 자전거고. 무슨 말인지 알잖아?"

여자는 나를 보며 윙크하고는 말을 이었다.

"나도 종종 사람들에게 자전거를 빌리곤 해, 이렇게. 하하하."

여자는 '빌리곤'을 말할 때 손가락 따옴표를 만들었다. '이렇게'라고 말하면서는 절단기로 자물쇠를 자르는 시늉을 했다. 더는 참기가 힘들었다. 여자에게 몸이 안 좋다 둘러대고 냅다 밖으로 뛰쳐나와버렸다. 여자는 나를 쫓아오며 임대에 필요한 서류 이름을 외쳤다. 나는 살인마에게 쫓기는 양 뒤도 돌아보지 않고 꽁무니를 뺐다.

건물 밖으로 나오니 햇살에 눈이 부셨다. 미간에 주름이 갈 정도로 눈을 찌푸린 후에야 시야가 돌아왔다. 기대가 컸던 만큼 속이 쓰렸다. 실망감을 안고 역으로 걷는데 지독하게도 행인이 많았다. 세상의 모든 언어가 내 귓속으로 돌진했고, 쏟아지는 인파의 어깨를 피하느라 '실례합니다'를 연발했다.

"슈파겔 철이 왔어요! 슈파겔 철!"

정신없는 순간이었지만 또렷하게 들렸다. 나는 두리번거리며 소리가 난 곳을 찾았다. 한국의 교외 지역에 있는 종합마트를 떠오르게 하는 아랍 식료품점 가판대에 슈파겔(Spargel)이 진열되어 있었다. 호객하는 아저씨가 관심을 보이는 나를 발견하고 손짓했다. 인파 속에서 나를 알아보다니, 꼭 신성한 선택을 받은 기분이었다. 가판대로 다가가 가격을 보니 3.99유로였다. 분명 포장도, 이름도 같은 농장의 슈파겔이 우리 동네에서는 5.99유로였는데 여기서는 2유로나 더 쌌다. 나는 포장지를 요리조리 돌려 보며 혹시 가짜 슈파겔은 아닐까 의심했다.

슈파겔은 아스파라거스의 독일 말이다. 대부분의 국가에서 아스파라거스라 하면 그린 아스파라거스를 의미하지만,

독일만큼은 화이트 아스파라거스를 뜻한다. 초록 아스파라거스는 그뤼너 슈파겔(Grüner Spargel)이라고 따로 쓴다.

슈파겔의 제철은 4월 중후반에 시작되어 6월 24일인 성 요한의 날(Johannistag)에 끝난다. 이날을 슈파겔질베스터(Spargelsilvester)라고도 부르는데 그해의 슈파겔 철이 끝났다는 의미다. 이후에는 내년 슈파겔의 품질을 위해 휴지기에 들어간다. 2022년 기준 독일 슈파겔 농장의 면적은 2만 1,300헥타르였다. 무려 독일 야외 채소 재배 전체 면적의 약 17퍼센트에 달하는 크기다. 독일인의 슈파겔 사랑은 이토록 유별나다.

나에게 슈파겔은 사치였다. 가장 싼 슈파겔을 골라도 500그램에 5.99유로부터 시작했다. 한 봉지에 10유로를 훌쩍 넘는 슈파겔도 왕왕 있었다. 양송이버섯 500그램이 1.29유로인 걸 생각하면 사치도 이런 사치가 없었다. 마트에 갈 때마다 가장 저렴한 슈파겔 봉지를 들었다 놨다 반복하다 결국 빈손으로 돌아오곤 했다. 언젠가 월급을 받으면 사 먹어야겠다고 생각했는데 눈앞에 나타난 3.99유로 슈파겔이라니! 나는 통 크게 슈파겔 두 봉지와 홀랜다이즈소스를 샀다.

집에 도착해 호다닥 주방으로 달려갔다. 슈파겔을 씻어 손질하고 끓는 물에 질감이 물렁해질 정도로 데쳤다. 두꺼운 슈파겔이 양품이라 했는데 내가 산 건 얇았다. 홀랜다이즈소스도 냄비에 털어 넣고 뭉근하게 데웠다. 처음 써본 홀랜다이즈소스는 꾸덕하고 묵직했다. 베이컨은 대충 뜯어서 한 장씩 구웠다. 접시에 삶은 슈파겔과 홀랜다이즈소스, 구운 베이컨을 예쁘게 담았다. 노란색, 흰색, 빨간색이 한 접시에 담겼다.

나는 반투명하게 익은 슈파겔 꼭지를 손가락 한 마디만큼 썰어 포크로 콕 찍었다. 그리고 넉넉하게 부은 홀랜다이즈소스에 쓰윽 문질렀다. 첫입은 베이컨 없이 먹기로 결심했다. 입에 넣자 익숙한 향이 느껴졌다. 첫인상은 숙주와 콩나물이었다. 담백하면서 산뜻한 맛이 났다. 두께가 도톰한 줄기를 꼭꼭 씹으면 은은한 단맛이 올라왔다. 줄기를 씹을 때마다 촉촉한 채수가 퐁퐁 터졌다. 슈파겔과 곁들여 먹는 대표적인 소스인 홀랜다이즈소스는 고소함과 느끼함 사이에 애매하게 걸친 맛이었다. 슈파겔이 아니었다면 진작 느끼하다고 불평했겠지만 같이 먹으니 잘 어울렸다.

베이컨을 곁들이면 맛이 또 달랐다. 슈파겔의 단맛과 베이컨의 짠맛이 모난 곳 없이 잘 어우러졌다. 베이컨의 훈제향과 짭짤한 기름이 슈파겔 맛과 섞여 새로운 맛이 됐다. 애인과 나는 맛있다, 맛있다, 괜히 비싼 게 아닌가 봐 연발하며 접시를 비웠다.

식사를 마치고 그뤼너 슈파겔과 슈파겔이 다른 종인지 궁금해 인터넷을 검색했다. 둘은 놀랍게도 같은 종이었다. 광합성을 하지 못하게 땅속에서 키우면 슈파겔이 되고, 땅 위에서 햇볕을 맞게 하면 그뤼너 슈파겔이 된다는 거다. 애 인은 손뼉을 치며 신기해했다.

부른 배를 통통 두드리며 소파에서 뒹굴거리다 오늘 다 녀온 집에서 사는 상상을 해봤다. 상상 속 나는 어둠 속 슈 파겔처럼 새하얗게 질려 있었다. 핸드폰을 가지고 놀면서 좀더 시간을 끌다가 임대를 거절하는 메시지를 여자에게 보 냈다. 곧바로 읽음 표시가 떴지만 답장은 오지 않았다.

홀랜다이즈소스와
베이컨을 곁들인 삶은 슈파겔

재료

· 슈파겔 1킬로그램
· 홀랜다이즈소스
250밀리리터

· 베이컨 100그램
· 소금·설탕 1작은술

01 슈파겔은 밑둥을 1~2센티미터 정도로 자르고 대의 껍질을 벗겨 손질한다.

02 냄비에 슈파겔이 모두 잠길 정도로 물을 넉넉히 넣고 준비한 소금, 설탕과 함께 끓인다. 이때 슈파겔의 흰색을 좀 더 선명하게 하고 싶으면 약간의 레몬즙을 더해 끓인다.

03 02의 물이 끓으면 슈파겔을 넣는다. 한 번 물이 끓어오르면 불을 줄이고 12~15분 정도 뭉근히 익힌다. 두께에 따라 조리 시간을 조절해야 한다.

04 슈파겔을 냄비에서 꺼내 물기를 뺀다.

05 냄비에 홀랜다이즈소스를 넣고 데운다.

06 프라이팬에 베이컨을 취향에 맞게 굽는다.

07 (4), (5), (6)을 접시에 취향대로 예쁘게 담아내고 독일의 봄을 온몸으로 느끼며 먹는다.

집을 찾았어

[두 번째 메시지]

할로, 오늘 아무 때나 집 보러 와.

소개와 상황을 장황하게 적은 메일의 답장에 저 한 줄이 다였다. 심지어 주소도 적혀 있지 않아서 '근데 주소가 어디야?'라고 되물어야 했다. 5분도 되지 않아서 답장이 왔다. 또 노이쾰른이었다. 대신 분위기가 좀 다른 지역이었는데 조넨알레(Sonnenallee) 역 부근이었다. 헤르만플라츠가 수많은 사람으로 북적거린다면 조넨알레는 전철 이용객 말고는 그다지 지나다니는 사람이 없다. 해가 지면 분위기가 스산해 게토 분위기가 물씬 났다. 그렇지만 한국의 2호선 격인 링반(Ringbahn)이 다니는 조넨알레 역에서 도보로 1분이고, 월세가 300유로대로 저렴하다는 부분이 매력적이었기에 급하게 옷을 차려입고 집을 보러 갔다.

메시지에 적힌 주소에 도착하니 아는 건물이었다. 조넨알레 역 출구 바로 맞은편에 있어 오며 가며 자주 본 집이었다. 벨을 누르니 땅층 집 중 한곳의 문이 열리고 목이 늘어난 티셔츠에 바스락거리는 소재의 카고바지를 입은 남자가 손을 들어 보였다. 그는 들쭉날쭉한 단발머리를 하고 있었는데 떡진 건지 헤어 젤을 잘못 바른 건지 머리칼이 엉켜 있었다. 영화 속에 나오는 마약중독자나 좀도둑 캐릭터와 겹쳐 보여서 미안한 마음이 들었다. 남자와 나는 가볍게 악수했다.

"안녕, 들어와."

문턱을 넘자마자 담배 찌든 내가 났다. 정확하게는 재떨이 냄새가 났다. 마치 커다란 재떨이 안에 갇힌 느낌이었다. 나는 입으로만 숨을 쉬었다. 문이 닫힌 방에서 헤비메탈 노래가 들렸다.

"여기에 잠깐 앉자."

남자는 식탁(아무도 식탁 용도로 쓰지 않는 듯했지만) 의자를 나에게 빼줬다. 식탁 위에는 마는 담배, 담배 종이, 필터, 재떨이, 대마 그라인더, 작은 지퍼백 봉투에 든 대마 등이 뒤섞여 있었다. 당장이라도 좋은 말로 둘러대고 집에 가고 싶었다.

"이곳은 3인 WG야. 지금은 남자 셋이 살고 있는데 그중 한 명이 내일 이사를 가기로 했어."

"응."

"네가 원하면 당장 내일이라도 이사 와도 괜찮아."

"내일?"

놀라서 말이 튀어 나갔다. 남자는 웃으며 끄덕거렸다.

"우리가 좀 급하게 다음 세입자를 구하고 있어."

"그렇구나."

"음…… 휴…… 뭐라고 해야 하지. 모르겠다. 그냥 솔직히 말할게. 사실 걔는 이미 이곳에 없어."

남자는 고민하다 사정을 털어놓았다. 이전 세입자는 비자와 돈이 없는 상태에서 이 집에 들어왔고, 월세가 밀리기 시작하자 며칠 전 한밤중에 창문으로 도망쳤다. 방에서 발견된 여권은 위조된 것이라 그를 찾을 방법이 없다고 했다.

"아……."

남자는 머쓱한 표정으로 내 눈치를 보더니 말을 덧붙였다.

"네가 관심이 있다면 우린 정말 기쁠 거야. 우선 방을 보여줄게.”

방은 넓고 구조가 특이했다. 벽 한 면이 평평하지 않고 동그랗게 구부러졌는데 구부러진 전면이 유리였다. 땅층이어서 길을 걸어가는 사람들이 방 안에 선 우리를 종종 쳐다봤다. 나는 이 방을 집 안이라고 해야 할지, 길바닥이라고 해야 할지 헷갈렸다.

방은 난장판이었다. 급한 야반도주 때문인지 침대 매트리스와 책상이 거꾸로 뒤집혀 있었다. 담배를 많이 피우는 사람이었는지 방바닥에 피다 만 담배꽁초가 가득했다. 이 정도면 야반도주가 아니라 살인 사건 현장이라고 하는 쪽이 더 설득력 있을 지경이었다.

“네가 이사 오기로 하면 방은 우리가 치울 거야. 이 난장판은 다 무시해. 새 방처럼 치워놓을게.”

남자는 점잖은 척 말했지만 간절한 마음을 숨기진 못했다.

“근데 있잖아.”

나는 빨리 말하는 편이 낫겠다는 생각이 들었다.

“생각해봤는데 나에게 이 집은 맞지가 않아. 미안해.”

남자는 실망한 표정으로 깊게 한숨을 쉬었다.

“그래. 빨리 말해줘서 고마워. 당연히 이해해.”

나는 민망한 표정을 숨기고 짐을 챙겼다. 남자는 주방으로 가더니 담배 종이에 담배와 대마를 섞어 말기 시작했다.
눈이 마주쳐서 어색하게 웃으니 남자가 물었다.

"한 대 피울래?"

"고맙지만 사양할게."

나는 남자와 다시 악수를 하고 그 집을 빠져나왔다. 담배
를 피우지도 않았는데도 돌아오는 길 내내 머리에서 담배
냄새가 났다. 집으로 가는 에스반에서 머리카락에 밴 은은
한 담배 냄새를 맡으며 스마트폰을 뒤적거렸다. 집 찾는 사
이트를 돌아가며 새로고침 하다가 한인 페이스북 커뮤니티
에 새로 올라온 글을 발견했다.

Berlin 2인 WG에 8월부터 입주하실 여성분 찾습니다.

위치가 좋고 마트와 대중교통이 걸어서 5분 거리에 있습니다.

월세는 360유로고 보증금은 한 달치 월세만 현금으로 주시면
됩니다.

2인 WG라 독일인 중년 남성분과 지내실 텐데 친절하시고 아시
아 문화에 관심 많으세요.

같이 커피 마시면서 독일어 배우기 좋습니다.

근데 이분이 좀 지저분해요.

성격이 남자보다는 여자와 더 잘 맞는다고 여성분이 들어오시면

좋겠다고 하네요.

깔끔하신 분은 아무래도 이 집과 맞지 않으실 것 같습니다.

관심 있으신 분은 메시지 주세요.

살고 있는 리히텐베르크(Lichetenberg)와 같은 지역이었
다. 다만 이 집이 베를린 중심에 가깝고 교통이 더 좋았다.
리히텐베르크는 부천과 많이 닮았다. 아침이면 모두가 출근
하고 점심에는 도시가 텅 빈다. 저녁이 되면 퇴근하는 사람
으로 다시 북적거린다. 트렌디한 카페나 레스토랑은 없지만
살기 좋은 지역이다. 물론 '일부' 치안이 안 좋은 동네도 있
다는 점도 부천과 비슷했다. 나는 부천에 오래 살았어서 그
런지 리히텐베르크가 마음에 들었다. 더욱이 리히텐베르크
중에서도 가족 단위가 많이 사는 조용한 동네라 마다할 이
유가 없었다.

월세도 아주 저렴했다. 360유로. 다만 글에 조금 수상한
구석이 있었다. 여자만 구한다는 부분과 아시아 문화에 관
심이 많다는 부분이었다. 나는 잠시 아시안 여성을 음침한
눈으로 쳐다보는 백인 중년 남성을 생각했다. 그러다 햇살
이 잘 드는 발코니와 커다란 창문이 있는 방 사진을 발견하
고는 까짓것 한번 만나보기로 결심했다.

"여기는 요나스예요."

글을 올린 그 당시 플랫메이트 한인 여성분이 친절하게 요나스를 소개했다. 요나스는 눈을 껌뻑거리면서 환하게 웃었다. 꼭 만화에 나오는 배불뚝이 백인 아저씨 캐릭터의 실사판 같았다. 특히 산타클로스를 닮았는데 실제로 그는 겨울이면 산타클로스 분장을 해 용돈 벌이를 한다고 했다.

"할로, 숭진"

내가 '숭진이 아니고 성진'이라고 발음을 고쳐주자 진지한 얼굴로 고개를 끄덕이고는 '수웅진'이라고 말했다.

대화 내내 한인 여성분은 이상할 정도로 내 눈치를 살폈다. 화장실에 가려고 하면 "요나스가 청소를 좀 잘 안 하는데, 한번 하면 제대로 하는 편이에요", 방에 들어가면 "방은 제가 깨끗이 청소해뒀어요" 같은 말을 덧붙이는 식이었다. 그의 예방주사 덕분인지 집이 예상보다 깨끗해 보였다. 모든 것이 며칠 밤낮으로 이뤄진 대청소의 결과란 건 얼마 안 돼서 알게 됐지만 그건 나중에 할 얘기다.

집의 구조는 요나스의 방, 거실, 세입자의 방, 주방, 화장실로 이루어져 있었다. 요나스의 방이 아주 좁았기 때문에 요나스는 방과 거실을 같이 쓰고 싶다고 했다. 세입자의 방은 작지만 아늑했다. 침대는 2층 침대인데 1층엔 침대 대신 소파를 놓은 벙커형 구조였다. 햇살이 잘 드는 창 앞에 빈티지 분위기가 물씬 나는 작업 책상이 놓여 있었다. 나는 거기에 노트북을 세팅하는 상상을 했다. 방에 깔린 카펫은 얼룩 하나 없이 깔끔했다.

집을 둘러보고 테이블에 둘러앉았다. 요나스는 커피와 초콜릿을 내왔다. 그는 첫 만남치고는 꽤 사적인 이야기를 들려줬다. 들은 얘기를 대략 정리하면 이렇다.

내 엄마와 동갑인 그는 동독 지역에서 태어나서 분단 시절 동베를린으로 넘어왔다. 이십대에는 독일군에서 일했고, 지금은 청소년 센터에서 미니잡(독일 근로 형태 중 가장 적게 일하는 방식)으로 일한다. 그에겐 외동아들이 있고, 스물 한 살에 결혼한 아내와는 일찍이 이혼해 같이 살던 집을 WG로 내놓았다. 삼십대 후반에는 두 번의 심장마비를 겪었는데 그때 시야가 좁아져서 장애인 판정을 받았다. 지금은 당뇨를 앓고 있어서 아침마다 채혈을 해야 한다.

당뇨라는 말에 나는 요나스의 얼굴과 그의 손에 들린 초콜릿을 번갈아 쳐다봤다. 요나스도 나를 빤히 쳐다보더니 들고 있던 초콜릿을 '냠' 하고 입에 넣었다. 나도 따라 초콜릿을 베어 물고 커피를 한 모금 마셨다. 입에서 달콤한 초콜릿이 따뜻한 커피와 섞이면서 금방 녹았다. 커피에서는 알싸하면서 칼칼한 향이 났다. 요나스는 커피를 가리키며 카다멈(Cardamom)을 넣었다고 했다.

카다멈은 인도와 네팔에서는 혼합 향신료인 마살라에 들어간다. 마살라 차이(Masala chai) 즐긴다면 카다멈 향에 익숙할 것이다. 중동과 북유럽에서는 베이킹에 쓰거나 음료에 타 마신다. 카다멈을 넣은 커피는 커피 자체로도 맛있지만, 초콜릿을 곁들이면 별미다. 특히 찬바람 부는 계절에 어울린다. 요나스는 가을만 되면 콧노래를 흥얼거리며 카다멈 병을 흔들곤 했다.

커피가 미지근하게 식었을 즈음 나는 이 집에서 살기로 결정했다. 내내 표정을 살피던 한인 여성분은 그제야 환하게 웃었다. 현금으로 준비한 보증금 360유로는 통장이나 금고가 아닌 거실 찬장의 쿠키 상자에 담겼다. 나는 요나스와 그 집에서 가장 오랜 시간 지낸 플랫메이트다.

요나스의
카다멈 커피

재료   · 원두커피 가루   · 카다멈 가루 약간

만드는 법

01 드리퍼에 드립 필터를 깔고 원두커피 가루를 원하는 만큼 넣는다.

02 원두커피 가루 위에 카다멈 가루를 한 꼬집 뿌린다.

03 물을 끓인다.

04 드리퍼에 끓인 물을 부어 커피를 내린다.

05 설거지는 보이지 않는 곳에 밀쳐두고, 밀크 초콜릿을 곁들여 낸다.

팬티만 입은 독일 남자

똑 똑 똑, 하고 노크 소리가 들렸다. 깊은 잠에 빠져 있어서 현실인지 꿈인지 구분할 수 없었다. 좀더 선명한 노크 소리가 다시 들렸다. 옆으로 몸을 천천히 돌리자 곡소리가 절로 났다. 지난밤 동료의 병가 때문에 주방 마감 인원이 부족했다. 온몸이 어디서 얻어맞은 듯 아팠다.

"숭진?"

"어……! 잠깐만!"

천장에 붙어 있다시피 한 2층 침대에서 몸을 벌떡 일으켰다. 아슬아슬하게 천장에 머리가 닿지 않았다. 새집에서의 첫날은 모든 게 낯설었다. 침대 아래를 내려다보니 햇빛이 방바닥을 가득 채우고 있었다. 최대한 빨리 암막 커튼을 사야겠다고 생각했다. 손을 더듬어 스마트폰 화면을 켜니 아침 9시였다. 어제 귀가해 잠든 시간이 새벽 4시 좀 넘어서 니 네 시간 조금 넘게 잔 셈이다. 고된 이사와 연속 근무가 끝난 날이자 모처럼 쉬는 날이어서 정오까지는 잘 계획이었 다. 정신이 들면서 짜증이 차올랐다. 가파른 사다리를 한 칸 한 칸 내려와 문을 열고 보니 요나스가 빵긋 웃는 얼굴로 커 피를 들고 있었다.

"무슨 일이야?"

"아침 식사 준비 완료야! (Frühstück ist fertig!)"

나는 잠시 어안이 벙벙했다. 첫 번째는 기대하지 않은 아 침 식사 대접 때문이고, 두 번째는 요나스의 불룩한 배를 덮 은 펑퍼짐한 티셔츠 아래 얇고 앙상한 다리 때문이었다. 다 리와 티셔츠 사이에 응당 있어야 할 바지가 아무리 눈을 굴 려도 보이지 않았다. 주방으로 향하는 요나스를 따라 가면 서 고개를 쭉 빼고 티셔츠 하단을 훔쳐봤다. 엉덩이 쪽에 아 이보리색 천이 각도에 따라 조금씩 보였는데 잘 보니 삼각 팬티였다.

'으' 소리가 절로 나왔다. 평생을 엄마와 단 둘이 지낸 레 즈비언인 나는 한 번도 팬티 차림의 남자를 본 적이 없었다. 원래 남자는 집에서 팬티만 입고 있나? 아니면 독일 남자라 그런 건가? 아니면 혹시 변태인가? 애초에 비교할 남자가 없다 보니 감을 잡을 수 없었다.

주방에 들어서니 식탁 가득 한 상이 차려져 있었다. 아침 식사 BGM은 독일어로 노래하는 록밴드의 음악이었다. 어정쩡한 자세로 주춤거리다 먼저 식탁에 자리를 잡았다. 의자에 앉으니 싱크대 앞에 서 있는 요나스의 삼각팬티가 더 잘 보였다. 나는 무슨 못 볼 꼴을 본 사람처럼 하늘을 쳐다보며 딴청을 부렸다.

"오렌지 주스? 아님 아펠숄레(Apfelschorle, 사과주스와 탄산수를 섞은 독일식 음료)?"

"나는 탄산 없는 물 마실게."

"기꺼이!"

요나스는 머그잔 하나를 꺼내 수돗물을 담아 건넸다. 베를린의 수돗물은 그냥 마실 수 있다. 다만 석회가 많아 생수를 사 먹거나 정수 필터를 쓰는 사람이 많다. 나는 방에 있는 필터 물병을 가져오겠다고 했지만 요나스는 딱 잘라 거절했다.

"정수 필터는 다국적 기업의 헛소리야. 수돗물을 먹어도 아무 문제 없어."

"칼크(Kalk, 석회) 때문에 나는 필터를 쓰는데……."

"칼크가 왜? 칼크는 미네랄이야. 오히려 몸에 좋다고."

물맛 때문이라고 말하고 싶었지만 독일어로 설명할 자신이 없어 대충 고개를 끄덕였다. 수돗물이 담긴 머그잔을 들고 보니 바닥에 커피 자국이 나무 나이테처럼 켜켜이 눌어붙어 있었다. 나는 물을 마시지 않고 잔을 내려놨다. 요나스의 삼각팬티만으로도 충분히 속 시끄러웠다.

요나스는 콧노래를 부르며 오븐에서 갓 데운 브로첸을 꺼냈다. 브로첸이 뜨거워서 아슬아슬하게 잡아 던지듯 그릇에 올리는 요나스 너머로 오랜 시간 타고 또 타서 속이 보이지 않을 정도로 시커멓게 그을린 오븐이 보였다. 그러거나 말거나 적당하게 익어 김이 모락모락 나는 브로첸이 내 앞에 놓였다. 고소한 냄새가 코끝에서 아른거렸다.

빵을 의미하는 브로트(Brot)에 작거나 귀엽게 여기는 뜻을 더하는 접미사 첸(Chen)을 더한 브로첸은 말 그대로 '작은 빵'이다. 성인의 주먹보다 조금 큰 빵으로 윗부분이 바게트처럼 먹음직스럽게 갈라져 있다. 독일에서 가장 저렴하고 대중적인 빵이다. 아침 시간에 독일인들이 마트에서 가장 먼저 구입하는 빵이기도 하다. 한식과 비교하면 흰쌀밥에 가깝다. 쌀밥에 잡곡을 넣으면 잡곡밥이 되듯 브로첸을 호밀로 만들면 로겐브로첸(Roggenbrötchen)이 되고 통밀로 만들면 폴콘브로첸(Vollkornbrötchen)이 된다.

"맛있게 먹어."

잠시 식탁 위 진수성찬을 바라봤다. 버터와 마가린, 살라미, 쉰켄(Schinken, 햄), 치즈, 마멀레이드가 빼곡하게 자리를 채우고 있었다. 특이한 점이 있다면 모든 제품이 마트에서 포장만 뜯은 상태로 놓였는데, 요나스에게 물으니 굳이 그릇에 올려 설거짓거리를 만들 필요가 없기 때문이라고 했다. 독일에서는 꽤 흔한 일인지 시판 햄과 치즈는 열어서 먹고 다시 닫을 수 있는 플라스틱 포장지에 담겨 있었다.

"종류가 많아서 뭐부터 먹어야 할지 모르겠어."

"각자의 아침 식사법이 있어. 내 방식을 보여줄게."

요나스는 시범을 보이듯 뜨끈한 브로첸을 빵칼로 깊게 찔러 반으로 갈랐다. 가로로 잘린 브로첸은 뜨거운 김을 토했다. 금속 빵칼 한 면에 맺힌 습기가 울렁거렸다. 요나스는 반쪽 브로첸을 손에 올리고 넉넉하게 퍼올린 마가린을 능숙하게 쓱쓱 발랐다. 살라미 두 조각과 오이 두 조각을 올리고 그대로 입에 넣었다. 브로첸은 바삭, 오이는 오도독하며 군침 도는 소리를 냈다.

"아주 맛있어."

나도 요나스를 따라 브로첸을 잘랐다. 빵이 품고 있던 열기가 터져 나와 손을 델 뻔했다. 크림치즈를 골라잡아 한 면에 구석구석 발랐더니 빵에 닿은 치즈가 살짝 녹아 그 자리에 스며들었다. 오이를 올리고 후춧가루를 조금 뿌린 후 얇게 자른 살라미로 잘 덮었다. 뭐라도 더 올릴까 하다 그대로 크게 한입 베어 물었다. 잘 데워진 브로첸은 촉촉하면서 바삭했다. 크림치즈와 오이의 상큼한 맛이 짭짤하면서 기름진 살라미와 잘 어울렸다. 나는 그제야 웃음이 났다.

"와, 맛있다."

"이게 전형적인 독일식 아침 식사야."

"독일식 아침 식사라는 게 뭔데?"

"집에 있는 빵, 햄, 치즈, 요거트, 잼, 버터를 모두 꺼내서 한 상 차려서 먹는 거야. 남은 건 그대로 냉장고에 넣었다 내일 또 꺼내 먹으면 돼. 그리고 마시고 싶은 음료를 마시는 거야. 커피, 차, 오렌지 주스, 아펠숄레⋯⋯. 선택은 네가 하면 돼."

신나게 설명하는 요나스는 야무지지 못한 움직임으로 세 손가락을 모두 써가며 맨손으로 햄을 집었다. 요나스는 언제 마지막으로 손을 씻었을까? 햄을 올려 먹으려다가 그냥 슬라이스 치즈를 올려 먹기로 했다.

요나스는 어기적거리며 자리에서 일어나 냉장고에서 뭔

가를 찾기 시작했다. 다시 삼각팬티가 눈에 들어왔다. 자글자글한 고무줄이 들어 있는 면 삼각팬티여서 엉덩이 쪽이 마치 기저귀처럼 도톰하게 부풀어 있었다. 왜 보고 싶지 않을수록 외려 보게 되는 걸까. 나는 고개를 절레절레 저었다.

엉덩이를 씰룩거리며 냉장고를 들여다보는 요나스를 보며 그가 이상성욕자는 아닐까, 라는 합리적인 의심까지 들었다. 안 그래도 독일 아저씨와 같이 살게 됐다는 소식을 전하니 엄마와 한국 친구들이 나를 걱정했다. 남자와 사는 일도 걸리는데 오십대 아저씨인 건 더 걸린다고 했다. 베를린에선 워낙 혼성 WG가 많기에 특별할 것 없는 일이었지만 나 역시 완전히 마음이 놓이진 않았다. 그렇지만 눈앞에 있는 요나스를 보면 아무래도 변태라고 생각하긴 힘들었다. 그는 독일의 대표 좌파 정당인 링케(Die Linke) 티셔츠를 입은, 바다사자를 닮은 '웃상'의 털북숭이 아저씨였다. 미안하지만 그에겐 어떠한 남성성이나 에너지가 느껴지지 않았다. 더구나 그는 젊은 시절 겪은 심장마비 때문에 움직임이 더디고 손에 힘이 없었다.

"아 참, 내가 집에서 팬티만 입고 다녀도 괜찮아?"

요나스가 냉장고에서 주스를 꺼내 들고 어기적어기적 걸어오며 말했다. 조금 늦은 질문이었지만 걱정이 꼬리를 물

46

던 차라 충분히 반가웠다.

"응, 상관없어."

어차피 아니라고 하기도 뭣했다.

"나는 집에서 바지를 입고 싶지 않아. 집에서는 편해야 하잖아. 여기서 바지랑 스웨터랑 모자까지 쓰고 있다고 생각해봐. 그건 집이 아니지."

"그러네?"

나는 씩 웃으며 고개를 끄덕거렸다.

"숭진. 여기는 너의 집이야. 내 집이기도 하고. 네가 하고 싶은 모든 일을 해도 돼."

옷 얘기를 하다 점점 거창해지는 요나스의 말이 웃기기도 하고 조금 귀찮기도 했지만 묘하게 위안이 됐다.

아침 식사를 마치고 가까운 이케아로 가 암막 커튼을 사왔다. 방으로 돌아와 잠옷을 입기 위해 옷장 앞에 섰다. 어제 고민하다 골라 입은 잠옷은 벗어놓은 그 자리에 있었다. 노브라가 티 나지 않을 정도로 펑퍼짐하면서 프린트가 요란한 티셔츠와 무릎이 살짝 드러나는 길이의 외출용 반바지였다. 불편한 옷은 아니지만 편하지도 않았다. 어제 침대에 누워서도 영 잠옷 같지가 않아 이불을 걷어차고 덮기를 반복했다. 나는 옷장 안쪽에 쑤셔 넣은 진짜 잠옷을 꺼냈다. 끈

나시와 허벅지가 다 드러나는 순면 반바지였다. 옷을 갈아
입고 침대에 눕자 익숙한 촉감에 마음이 놓였다. 비로소 집
이었다. 그날 이후 더 이상 요나스의 팬티가 눈에 들어오지
않았다.

요나스네
독일식 아침 식사

재료

· 브로첸
· 마트에서 사 온 아무 식재료
· 당신이 마시고 싶은 아무 음료

만드는 법

01 마트에서 사 온 식재료를 냉
    장고에서 꺼낸다.

02 이미 뜯은 재료가 있다면 냄
    새를 맡아 상했는지, 안 상했
    는지 확인한다.

03 이미 슬라이스 되어 있는 제
    품은 열어서 그대로 내고, 그
    렇지 않은 제품은 칼로 슬라
    이스해 접시에 낸다.

04 오븐에 브로첸을 넣고 160도
    에서 3~5분 정도 데운다.

05 브로첸과 차린 재료를 원하
    는 조합으로 즐긴다.

06 원하는 음료를 원하는 방식으
    로 곁들인다.

자우어크라우트는
자우어크라우트대로

    요나스는 말 그대로 경계가 없는 사람이었다. 그는 집의 모든 방문을 열어둬야 직성이 풀렸고 내가 화장실에 가려고 문을 열면 달려 나와 안부를 물었다. 요나스도 나처럼 2층 침대에서 생활했기 때문에 내가 방문을 열면 그의 방에서는 쿵쾅쿵쾅하며 그가 서둘러 사다리에서 내려오는 소리가 들렸다. 참을 수 없이 피곤한 날에는 오후까지 오줌을 참기도 했다.

    그중에서도 노크는 정말 참기 힘들었다. 요나스는 하루에 한 번은 꼭 노크를 했는데, 문을 열면 별 시덥잖은 스몰토크를 해야 했다. 동거인과 마찰을 견딜 자신이 없던 나는 최대한 그에게 맞춰 호응했다. 당시 나는 아홉 시간씩 주방에서 일했기 때문에 매일 쏟아지는 요나스의 말을 들어주는 일이 고역이었다.

하루는 전날 밤늦게까지 일하고 기운이 없어 오후 4시까지 방에만 틀어박혀 있었다. 음악도 틀지 않고 고요한 방에서 넋을 놓고 있는데 노크 소리가 났다.

"숭진?"

문을 열자 걱정스러운 표정의 요나스가 서 있었다.

"응? 무슨 일이야?"

"어디 아파?"

"나? 안 아픈데?"

"아무 소리도 나지 않아서 어디 아픈 줄 알았어."

황당한 표정으로 쳐다보니 요나스가 딸기맛 푸딩을 건넸다. 나는 말없이 푸딩을 받았다.

"문을 열어두고 지내자."

"방문을?"

"응. 우리는 같은 공간에 살고 있잖아! 얼마나 좋아."

대답을 하기도 전에 요나스는 말을 이었다.

"이따가 같이 저녁 먹자. 내가 요리할게!"

"아…… 그래."

얼떨결에 저녁 식사 초대를 승낙하고 한숨을 쉬며 습관

적으로 방문을 닫으려다가 요나스의 말이 떠올라 살살 밀어 닫히기 직전 상태로 뒀다. 경계를 지키려는 자와 넘으려는 자의 대립이었다.

얼마 후 다시 요나스의 노크 소리가 들렸다. 방문이 이미 열려 있었기에 굳이 내가 열 필요가 없었다.

"저녁 식사 다 됐어!"

주방에는 방금까지 센 불에 볶은 듯한 감자가 납작한 그릇에 담겨 있었다. 하루 동안 아무것도 먹지 않아서인지 배에서 꼬르륵 소리가 났다. 곁눈에 난장판이 된 가스레인지와 조리대가 보였지만 맛있는 저녁을 즐기기 위해 필사적으로 외면했다.

"오늘 메뉴는 아주 전통적인 독일 음식이야."

요나스는 냄비에 담긴 무언가를 휘휘 저으며 식탁으로 다가왔다. 뜨겁게 김을 내뿜는 자우어크라우트였다. 비어 있던 그릇 한쪽에 자우어크라우트가 놓였다.

"짜잔."

시큼하면서도 묘한 훈연 향이 나는 자우어크라우트에 완전히 정신이 팔렸다. 포크로 살짝 들쳐서 살펴보니 햄처럼 보이는 분홍 조각이 보였다.

"자우어크라우트에 햄이 들어 있네?"

"햄은 아니고 슈펙(Speck)이야. 독일식 베이컨이라고 할 수 있지."

"향이 특이해."

"응, 나무로 훈연하거든. 수프 만들 때 슈펙 지방을 볶아서 국물 내면 진짜 맛있어."

독일인은 맛을 모른다는 고정관념과 다르게 요나스는 꽤 먹을 줄 아는 사람이었다.

요나스가 음식을 내는 동안 몰래 슈펙 조각을 포크로 찍어 먹었다. 짭짤한 살코기와 고소한 지방이 함께 씹히고 숨을 내쉴 때 훈제 향이 났다. 입맛이 돌아 자우어크라우트를 한 입에 먹기 힘들 정도로 크게 한 포크 떠서 우걱우걱 먹고 싶었다.

요나스는 지글지글 소리가 나는 후라이팬에서 사방이 갈색빛이 날 정도로 완전히 구워진 부어스트를 꺼내 그릇에 나눠 담았다.

"이건 무슨 부어스트야?"

"브라트부어스트(Bratwurst)야. 브라튼(Braten)하는 부어스트란 뜻이지."

"브라튼?"

요나스는 빈 프라이팬을 들고 허공에 흔드는 시늉을 했

54

다. 나중에 찾아보니 브라튼은 버터나 식용류를 팬에 두르고 조리하는 요리법이었다. 한국어로 '볶다'와 '지지다'가 브라튼에 가깝다. 얼룩덜룩한 갈색빛이 보일 정도로 재료를 볶고 지진다는 점이 브라튼의 특징이었다.

볶은 감자, 바싹 구워진 부어스트, 뜨끈한 자우어크라우트로 비로소 접시가 가득 찼다.

"이 감자 요리는 뭐야?"

"브라트카토펠(Bratkatoffel, 볶은 감자). 전통적인 독일 요리에는 감자가 빠지면 안 되지."

"꼭 우리나라 쌀 같다."

"그러네. 메뉴에 따라 감자를 삶기도 하고, 볶기도 하고, 튀기기도 해."

"우리도 쌀을 밥으로 먹고, 죽으로 먹고, 볶아서 먹고 하니까."

"좋네. 다음엔 다른 방법으로 감자를 요리해줄게. 하하."

나는 먼저 브라트카토펠을 포크로 찍었다. 두툼하게 슬라이스한 감자를 노릇하다 못해 거뭇거뭇할 정도로 볶았다. 간간하게 간한 감자는 쫀득하고 감칠맛이 났다. 지지듯 볶는 과정에서 마이야르 반응이 충분히 일어났다. 볶은 양파 향도 같이 났는데 꼭 감자 뒤에 숨어 있는 비장의 무기 같았

다. 언젠가 양파 향이 빠진 브라트카토펠을 먹는다면 아주
서운하겠다는 생각이 들었다.

"맛있다."

"독일 음식 그 자체야."

요나스는 뿌듯해하며 말했다.

다음은 브라트부어스트였다. 검지만 한 크기의 부어스트
였는데 흰색 살코기로 채워졌고 중간중간 후추가 선명하게
박혔다. 팬에 잔뜩 그을린 부분 곳곳이 터져 있었다. 포크로
꾹 찌르니 그나마 버티고 있던 얇은 껍질이 툭 하고 마저 터
졌다. 통통하게 살을 채운 부어스트는 탱글탱글하면서도 씹
을 때 서걱한 결이 느껴졌다. 살짝 간이 세서 얼른 자우어크
라우트를 한 포크 집어서 먹었는데 눈이 확 떠졌다.

"와, 진짜 맛있네!"

큰 소리로 외치니 요나스가 화들짝 놀랐다. 나는 고개를
절레절레하면서 셰프의 키스(입술에 손가락을 모아서 키스를
날려 보이는 제스처. 맛있는 음식을 먹었을 때 주로 쓴다)를 세
번이나 날렸다. 자우어크라우트는 전혀 짜지 않고 따뜻하고
부드러웠다. 시큼한 발효 향은 백김치 같으면서도 약간은
다른, 새로운 향이었다. 부어스트에 자우어크라우트를 돌돌
말아 먹으면 간이 완벽하게 맞았다. 향이 빠져서 깔끔한 묵

은지 볶음 같았다.

참고로 자우어크라우트를 만들기 위한 최소한의 재료는 단 두 가지다. 양배추, 소금. 게어토프(Gärtopf)라는 발효 항아리에 양배추와 소금을 넣고 짓이겨 물이 생기게 한 다음 무거운 돌로 눌러 발효시키면 끝이다. 마트에서도 1유로면 한 팩을 살 수 있는데 김치만큼이나 유산균이 풍부하니 영양적으로나 조리학적으로나 경제적으로나 빠지지 않는 훌륭한 음식이다. 자우어크라우트가 존재하는 이상 독일 음식은 재평가받아 마땅하다.

"그거 알아? 김치가 아주 비싸거든? 그래서 한국인 유학생들은 자우어크라우트를 김치 대신 넣고 찌개를 끓여 먹어. 그러면 정말로 김치찌개 맛이 나."

"진짜? 나도 김치 좋아해. 맛있어!"

"여기에 액젓이랑 고춧가루만 넣어도 김치랑 맛이 비슷하다니까."

"하하, 독일식 김치네? 꼭 이 집 같다. 우리 둘이 섞인 거지?"

껄껄 웃는 요나스의 얼굴에 자우어크라우트 찌개가 겹쳤다. 그런 걸까. 이 집은 자우어크라우트 찌개인 걸까. 자우어크라우트는 자우어크라우트대로 남을 수 없는 걸까. 나는 포크로 자우어크라우트를 뒤적거렸다.

저녁 식사가 끝나고 방으로 돌아왔다. 방문을 닫을까 닫지 말까, 잠시 고민하다가 문고리를 조심스레 돌려 닫는 소리가 나지 않게 밀었다. 비로소 흐려졌던 경계가 다시 생겼다. 신이 나서 문 앞에서 개다리춤을 추는데 방문 너머로 저벅저벅 다가오는 발걸음 소리가 들렸다. 나는 방문 앞에 서서 숨을 죽였다. 발걸음 소리가 문 앞에서 멈췄다. 몇 초간의 정적. 발걸음 소리는 다시 거실로 멀어졌다. 나는 추던 개다리춤을 마저 췄다.

브라트카토펠

재료(2인분)
- 중간 크기 감자 5알
- 양파 1/2개
- 버터 30그램
- 식용유 적당량
- 소금 약간

01 냄비에 감자를 넣고 잠길 정도로 물을 넣어 삶는다. 삶는 과정이 번거롭다면 생감자를 써도 된다. 다만 조리 시간이 오래 걸리고 겉이 탈 수 있다.

02 삶은 감자 혹은 생감자를 3~5밀리미터 두께로 넙적하게 슬라이스한다.

03 양파는 잘게 다져 준비한다.

04 팬에 식용유를 두르고 썰어 둔 감자를 브라튼(Braten)한다. 처음 감자를 팬에 올렸을 때 자주 뒤집지 않아야 한다. 한 면에 충분히 갈색 빛이 돌기 시작하면 그때 뒤집는다.

05 소금 간을 하고 감자가 다 익으면 다진 양파와 버터를 같이 넣어 브라튼한다.

06 양파도 갈색으로 변하면 접시에 담아서 낸다.

07 취향에 따라 송송 썬 부추나 다진 슈펙 혹은 베이컨을 더해 먹는다.

베를린엔 베를리너가 없다

"저 다음 달까지 일하고 그만둬요."

언론인 행사장에서 안부를 묻는 선배 에디터에게 말하자 같은 테이블에 둘러앉아 있던 모두가 나를 쳐다봤다. 나는 어색하게 웃었다. 잡지 일은 사양산업이라고 노래를 부르던 한 선배가 고개를 대차게 끄덕이며 말했다.

"좋겠다. 드디어 벗어나는구나."

"그런 건 아니고 애인이 독일로 유학 가고 싶다고 해서요."

"독일? 이야, 독일 좋지. 어느 도시로 가?"

"잘 모르겠어요. 뮌헨이나 프랑크푸르트……?"

두 달 동안 인터넷으로 '독일 도시', '유학하기 좋은 독일

도시', '독일에서 살기 좋은 도시' 같은 어설픈 검색어만 돌리고 있던 차였다. 애인은 해외여행 한번 가본 적 없었고 나는 외국 생활을 생각해본 적이 없었기에 막막한 기분으로 허둥지둥하고만 있었다.

"장난해? 베를린으로 가야지."

옆에서 듣던 여행잡지 선배가 불쑥 대화에 끼어들어 말했다.

"그니까. 베를린이지. 웬 뮌헨, 프랑크푸르트야."

리빙잡지에서에서 같이 일했던 선배도 거들었다.

"독일에선 베를린이야. 딴 데 가서 뭐 하게?"

다른 리빙잡지에서 일하는 선배였다.

테이블에서 이야기가 돌기 시작하니 여기저기서 '베를린'을 외치는 목소리가 튀어나왔다. 나는 원래 베를린을 최우선으로 고려했다는 듯 고개를 끄덕이며 말했다.

"역시 베를린이 좋겠죠?"

나에게 쏠린 선배들의 시선이 부드러워지며 '그렇지', '잘 골랐네', '맞지' 같은 반응이 돌아왔다. 심장이 두근거리고 얼굴이 달아올랐다. 하마터면 얼마나 어리숙한지 들킬 뻔했다. 숨을 고르고 태연한 척했다. 내가 얼마나 이 자리에 어울리지 않는지 들키지 않기 위함이었다.

대학 4학년 2학기가 시작하자마자 한 리빙잡지의 어시스턴트로 취업했다. 별다른 꿈이 있어서 선택한 일은 아니었다. 다만 국어국문학과 전공에 외식조리학과 복수전공을 하다 보니 음식잡지나 리빙잡지에 취업하는 게 말이 돼 보였다. 사실 월간지를 잘 읽지 않았다. 다만 어렸을 때부터 읽은 《씨네21》이나 《필름2.0》, 《무비위크》 같은 영화 주간지와 비슷한 결이겠거니 했다.

영화 〈악마는 프라다를 입는다〉에서 앤 해서웨이가 맡았던 앤드레아란 캐릭터를 기억할지 모르겠다. 앤드레아는 원래 사회부 기자를 꿈꾸다가 갑작스럽게 유명 패션지 편집장 미란다의 비서가 된다. 영화 속에서 모델의 피팅을 따라간 앤드레아가 비슷한 모양의 벨트 두 개를 놓고 고민하는 미란다를 보고 웃음을 참지 못하는 장면이 있다. 미란다는 비웃음에 대한 답으로 앤드레아가 입은 파란 스웨터에 대한 역사를 읊어 앤드레아의 콧대를 꺾는다.

나는 앤드레아 같았다. 브랜드를 잘 몰랐고, 라이프스타일에 대한 개념도 없었다. 거기에 주눅 들고 자신감 없는 버전이었다. 영화에서는 송구스럽게도 편집장이 혼쭐을 내지만 현실은 달랐다. 선배들은 내가 다른 종류의 사람이라는 걸 본능적으로 알았다. 나는 무리에서 점점 밀려나왔다. 그들에게 속하기 위해 나는 선배가 한 주 동안 대여해 쓰고 반납하라며 리스트만 던져준 협찬 물품을 이틀 만에 정리했다. 아침부터 밤까지 일만 했고, 교통비와 식비 모두 내가 감당했다. 보통 식사는 선배가 사는 게 관례였지만 다들 나와 점심 식사를 피했다. 참고로 당시 어시스턴트의 월급은 38만 원이었다.

어시스턴트로 일한 지 두 달째 되던 날 집에 가는 방향이 같은 선배와 전철을 탔다. 친해지기 위해 실없는 소리를 해보았지만 선배는 별로 반응하지 않았다. 선배는 한참 내 말을 듣기만 하다 입을 열었다.

"근데 너도 네가 우리랑 다른 거 느끼지 않아?"

차가운 선배의 질문에 드디어 알았다. 그래, 나는 '은따'였다. 아무리 열심히 해도 은근한 왕따였구나!

"너무 노력하지 마."

선배의 말에 오기가 생겨 장단에 맞춰주고 싶지 않았다. 자존심을 부리며 태연한 척 끝까지 실없는 소리를 하다가 선배가 내리고 나서야 입을 다물었다. 군데군데 자리가 비어 있는 전철은 고요했다. 한참 동안 창밖에 스치는 야경을 속절없이 흘려보냈다.

집에 도착하자마자 구인 사이트를 뒤졌다. 전공에 관련

된 일 중에 지원할 만한 곳이 거의 없었다. 그나마 포털 사이트용 기사를 쏟아내는 인터넷 매체만 사람을 구하고 있었다. 지원을 할까 말까 고민하다가 지하철에서 선배의 얼굴이 떠올라 서류를 넣었다.

'내일 11시에서 13시 사이에 주소로 오셔서 면접 보세요.'

당장 내일 면접을 보러 오라는 문자메시지였다. 메시지 발신 시간은 새벽 1시. 면접에서는 수상할 정도로 별다른 질문이 없었다. 합격이니 다음 주부터 출근하라는 말이 전부였다. 영 찜찜해 돌아오는 길에 친했던 교수님과 통화를 했다. 매체 이름을 말하자 교수님은 버럭 화를 냈다.

"가만히 기다려!"

30분 후에 교수님에게 연락이 왔는데 내가 종종 읽던 음식잡지에 에디터 자리가 났다고 면접을 보라는 말이었다. 그렇게 처음 에디터란 직업을 갖게 됐다.

에디터로 입사한 음식잡지는 일하기에 훨씬 나았다. 작은 회사라 직원끼리 도란도란 사이가 좋았다. 기사를 바로 배당받아 글을 쓸 수 있어서 일도 많이 배웠다. 레스토랑 취재도 많아서 평소 가보지 못한 레스토랑에 가서 촬영하고 음식도 맛볼 수 있었다. 당시 TV에 나오던 셰프를 만나〈마스터 셰프 코리아〉나〈냉장고를 부탁해〉에 나온 음식을 맛보기도 했다. 푸드스타일리스트, 요리연구가 같은 분들과 함께 일하면서 다양한 스타일링이나 요리법을 접했다. 유명한 언론사는 아니었지만, 역사가 긴 잡지였다. 잡지에 실린 레시피를 보고 직접 요리를 하는 주부 구독자도 많았다. 나는 내 일터가 좋았다.

회사 안에서는 행복했지만 밖으로 나가면 나는 여전히 겉돌았다. 언론 행사나 다른 잡지사와 함께하는 출장에서 특히 그랬다. 내가 일하는 잡지의 이름을 모르는 사람도 있었고, 안다고 해도 은근히 무시하는 경우도 있었다.

"아아, 들어본 적 있어요."

"거기 아직도 계속 출간해요?"

같은 식이었다. 내가 좋아하는 잡지라 별 신경은 쓰지 않았지만 어시스턴트 때 무리에서 밀려났을 때의 기분이 자꾸 찾아왔다.

개인적으로도 그랬다. 나에게 트렌드나 아름다움은 머릿속에 둥둥 떠다니는 개념이었다. 내 것이 아니었고 크게 관심이 없었다. 브랜드도 잘 몰랐다. 동료가 다가올 일을 기대한다면 나는 지나간 일에 재미를 느꼈다. 시의적절한 소식을 상업적이면서도 매력적으로 전해야 하는 잡지에 나는 어울리지 않는 사람이었다. 분야마다 각양각색의 잡지가 쏟아졌던 1990년대였다면 나에게 맞는 일터가 있었겠지만, 인기 있던 잡지도 폐간을 피하지 못하는 2010년대에는 더욱 그랬다.

잡지사에서 2년을 일하고 나서야 나는 직업을 잘못 선택했음을 받아들였다. 지금 일하는 직장을 좋아했지만, 꾸준히 구독자가 줄며 재정난에 시달리고 있었다. 경력을 살려 이직한다고 해도 나와 맞는 직장에 들어갈 수 있을지 알 수 없었다. 마음속에 잔잔한 불안을 안고 직장생활을 이어가던 중 시작한 연애에서 나는 새로운 길을 발견했다.

"저는 독일에 미술 대학을 가려고 해요."

애인의 일방적인 통보였다. 사랑에 미쳐 있기도 했고 앞으로 진로가 불투명했던 나는 단박에 같이 가자고 제안했다.

"왜 많은 도시 중 베를린을 골랐냐"는 질문에서 시작된 내 얘기는 방향을 잃고 줄줄 쏟아졌다. 요나스는 에디터 일을 시작한 에피소드부터 내 독일어 문장을 이해하지 못한 듯했다. 그러거나 말거나 나는 한참 중얼중얼 설명했고 요나스는 참을성 있게 고개를 끄덕거리며 쿵짝을 맞췄다.

"이게 다야. 내가 베를린에 온 이유. 아마 이해하지 못하겠지만 그냥 설명하고 싶었어."

"아냐 아냐, 나 완전히 이해했어."

절대로 거짓말이다. 나는 요나스가 귀여워서 웃었다.

"근데 숭진, 그거 알아? 베를린엔 베를리너가 없어."

"무슨 말이야?"

"진짜 베를리너는 브란덴부르크(베를린을 둘러싸고 있는 한국의 경기도 같은 지역)에 살아. 베를린에는 외국인이나 다른 지역에서 온 독일인이 산다고."

실제로 '왜 베를린에 왔어?'라는 질문은 내가 독일에서 가장 많이 받은 질문인 동시에 가장 많이 한 질문이다. 외국인에게도 독일인에게도 마찬가지다. 베를린은 그런 곳이다. 찾아와서 터를 잡는 곳. 막상 베를린에서 태어나고 자란 사람은 찾기 어려운 곳. 베를리너조차 외로움을 느끼는 곳.

요나스는 고개를 절레절레 저으며 말했다.

"젠트리피케이션 때문이지. 베를린 집값이 너무 비싸졌거든."

"그러게."

"너도 그렇고, 나도 그렇고 베를리너가 아니잖아."

"그치!"

"아무도 신경 안 써. 어차피 아무도 베를리너가 아니니까 상관이 없다고."

68

"좋네?"

나는 정말 좋다고 생각했다.

"되너 케밥(Döner Kebab) 알지?"

"당연히 알지."

되너 케밥은 베를린에서 가장 흔한 길거리 음식이다. 높이가 3에서 5센티미터 정도 되는 도톰한 튀르키예식 플랫 브래드인 피데(Pide)를 갈라서 사이에 고기와 각종 채소, 소스를 넣어서 만든다. 되너 케밥에 쓰이는 고기는 주로 소, 양 혹은 닭인데 양념한 생고기를 차곡차곡 쌓아 익힌 커다란 고깃덩어리를 커다란 칼로 얇게 포를 떠 먹기 좋게 잘라 빵 사이에 끼워 넣는 게 특징이다. 한국으로 치면 저렴하면서도 든든하게 먹기 좋은 길거리 토스트 같은 음식이라고 할 수 있다.

베를린의 되너 케밥은 한국에서 파는 케밥과 차이가 있다. 우선 피데라는 빵이 가장 다르다. 처음 피데를 먹었을 때 베트남식 바게트를 떠올렸다. 베트남식 바게트는 겉껍질은 바삭하면서 속은 부드럽고 반죽에서 가벼운 단맛이 난다. 피데도 그렇다. 중간 중간 박힌 참깨 향이 진해 씹으면 씹을수록 입안에 퍼지는 고소한 단맛이 일품이다. 보통 약 30센티미터 지름의 피데를 네 등분한 조각으로 되너 케밥

한 개를 만들지만 가게에 따라서 작은 사이즈의 타원형 피데 한 개로 케밥 하나를 만들기도 한다. 래퍼 카니예 웨스트(Kanye West)가 줄을 서서 먹었던 가게 '무스타파 채소 케밥(Mustafa's gemuse Kebab)'이 베를린의 대표 케밥 전문점이다. 드물게 직접 반죽한 피데로 되너 케밥을 만드는 곳도 있는데 가격은 비싸지만 값보다 더한 맛이 난다.

채소는 주로 생양상추, 양파, 오이, 토마토를 쓰는데 종종 튀기거나 구운 파프리카, 주키니, 감자를 넣어주기도 한다. 소스는 매운맛, 마늘, 허브 세 가지가 기본이다. 이것도 가게마다 좀 다른데 베를린에 처음 왔을 때 살았던 집 앞 되너 케밥 집에는 소스가 열다섯 가지가 있었다. 요거트, 망고, 마요네즈, 토마토, 바질, 민트 등 소스가 아이스크림 가게처럼 진열되어 골라 먹는 맛이 있었다.

크기는 또 얼마나 큰지 우리가 알고 있는 케밥의 두 배는 된다. 손바닥 한 뼘 되는 빵에 온갖 재료를 꾹꾹 눌러서 쑤셔 넣는데 보기만 해도 든든하고 침이 고인다. 기본 재료를 좀 더 달라고 부탁하면 보통은 추가 비용 없이 넣어준다. 주로 튀르키예 이민자가 일을 하는 경우가 많은데 형제의 나라에서 와서 그런지 한국처럼 인심이 있다. 물론 선을 살짝 넘는 농담을 하는 점도 비슷한데 나는 향수가 느껴져 마냥 싫지는 않다.

"되너 케밥은 사실 베를린의 음식이야."

요나스는 고개를 쭉 빼고 나를 바라보며 엄청난 사실을 알려주는 듯한 표정을 지었다. 나는 이미 알고 있었지만 모르는 사람처럼 장단을 맞췄다.

"튀르키예가 아니고?"

"그렇다니까. 베를린이 되너 케밥의 고향이야."

원론적으로 되너 케밥은 튀르키예의 음식이다. 되너 케밥에서 되너(Döner)는 돌아가다는 의미의 튀르키예어 돈멕(dönmek)에서 왔고, 케밥(Kebab)은 튀르키예어로 구운 고기를 뜻한다. 튀르키예의 원조 되너 케밥은 세로로 긴 꼬치에 고깃덩어리를 꽂아 구운 것으로 부유한 튀르키예인이 일주일에 한 번 정도 먹는 고급 음식이었다.

패스트푸드 형태의 현대 되너 케밥은 다르다. 유럽 내 튀르키예 되너 제조 협회(Verein türkischer Dönerhersteller in Europa, ATDiD)에 따르면 샌드위치 형태로 먹는 되너 케밥은 1972년 베를린 동물원역 맞은편 가판대에서 카디르 누르만(Kadir Nurman)이라는 튀르키예 이민자에 의해 탄생했다고 한다. 카디르 누르만은 1960년에 베를린 장벽이 들어서면서 서독의 노동력 부족을 보완하기 위해 튀르키예, 모로코, 그

리스 등에서 국가 간 협약을 맺어 노동자를 초청한 손님노
동자(Gastarbeiter) 중 한 명이었다. 그는 전쟁 이후 도시 복구
에 정신이 없는 독일의 노동자 무리를 위해 간편하게 먹을
수 있는 되너 케밥을 만들었다.

요나스가 하고 싶은 말이 뭔지 알아들은 나는 웃으면서
답했다.

"되너 케밥만 진짜 베를리너네."

요나스가 눈을 천천히 껌뻑이며 말했다.

"바로 그거야."

되너 케밥을 즐기는 나만의 방법

· 현금(신용카드가 되는 곳이 거의 없다.)
· 아재 농담을 견딜 만큼 강한 마음

01 마음에 드는 되너 케밥 전문
점을 골라서 들어간다.

02 음료 냉장고에서 망고맛 아이
란(Ayran, 튀르키예 요거트
음료)을 꺼내 주문대 앞으로
간다.

03 되너 케밥을 주문하고 음료
도 계산대 위에 올려서 같이
구입한다.

04 소스는 마늘과 매운맛을 고
른다. 채소는 토마토를 좀더
넣어달라고 하고 웃으며 살짝
부탁하는 표정을 짓는다.

05 되너 케밥이 거의 완성됐으
면 분쇄한 염소 치즈(Beyaz
peynir)와 레몬즙을 뿌려달라
고 부탁한다. 염소 치즈는 때
에 따라 값을 받기도, 안 받기
도 하기 때문에 추가 비용이
있다고 하면 레몬즙만 뿌린다.

06 완성된 음식을 받는다. 모든
과정 중에 직원이 아재 농담
을 하면 상황에 따라 반응한
다. 직원에 따라 장단을 잘
맞추면 가끔 공짜 아이란을
받을 수 있지만, 반대로 인종
차별을 당할 수도 있으니 눈
치껏 잘 판단한다.

비위를 사수하라

요나스와 살면 비위가 상하지 않을 방도가 없다. 비방이나 불평이 아니다. 직설적인 표현 말고는 설명할 방법이 없어서 하는 얘기다. 이를테면 이런 식이다. 냉장고에 넣어둔 딸기에 곰팡이가 펴 울상이 된 날이었다. 마침 주방에 들어온 요나스에게 우는소리를 했다.

"딸기에 곰팡이가 폈어. 너무 슬퍼!"

"푸우."

요나스는 손을 내저으며 입술을 오리처럼 내밀고 '푸우' 하며 숨을 뿜었다. 독일인의 '푸우'는 많은 뜻을 내포한다. '괜찮아', '걱정마', '말도 마'부터 '관심 없어' 혹은 '대답하기 어렵다'는 의미로 쓰이기도 한다. 이번에는 '별일 아니다'라는 의미였다. 요나스는 딸기 상자를 받아 들더니 곰팡이가 핀 딸기를 그대로 입에 털어 넣었다. 심지어 꼭지도 같이 말이다.

"안 돼!"

눈앞의 광경이 뇌를 스치기도 전에 비명이 터져 나왔다. 요나스는 눈도 깜빡하지 않고 속 편한 표정으로 우걱우걱 딸기를 씹어 먹었다.

"맛있네."

"아니, 요나스! 안 되잖아. 이거는 먹으면 안 되잖아?"

"왜? 맛있는데? 아직 그렇게 심하게 상하지도 않았어?"

나는 말을 잃고 동시에 비위도 잃었다. 곰팡이도 곰팡이인데 대체 딸기 꼭지는 왜 먹은 거야. 여전히 전혀 이해가 가지 않아 지금이라도 요나스에게 따져 묻고 싶다. 다른 독일인 친구에게 요나스와 딸기에 대해 얘기했더니 그는 몸서리를 치며 경악했다. 국적의 문제가 아니라 그냥 요나스가 유별나다는 증거다.

어쨌거나 그날부터 나는 냉장고에 상한 식재료가 보일 때마다 수시로 쓰레기통에 버렸다. 요나스의 식재료라고 해도 곰팡이가 나 있으면 주저 없이 버리고, 나중에 청소하다 용기가 깨져서 버렸다고 둘러댔다. 다행히도 그는 항상 대

수롭지 않게 받아들였다.

사소하게는 이런 적도 있었다. 집에 나 홀로 있게 된 토요일 오후였다. 열어 놓은 창문 너머로 햇살과 아이들 노는 소리가 들렸다. 화장실 가는 길에 거실(거실은 요나스의 공간이다)을 봤는데 바닥에서 공처럼 동그란 뭔가가 데굴데굴 움직였다. 소름이 돋았다. 혹시라도 거실에 쥐가 있다면 감당할 자신이 없었다. 못해도 지름 10센티미터는 되어 보이는 동그란 물체에 가까이 다가가서야 그것은 공도, 쥐도 아닌 방바닥에 쌓인 먼지가 바람에 구르고 굴러 동그랗게 뭉쳐진 덩어리라는 걸 알 수 있었다. 먼지는 사막의 회전초처럼 거실을 배회하고 있었다. 나는 요나스 대신 청소를 해줄까 싶었지만 먼지가 0.5센티미터 정도 쌓인 채 거실 한쪽에 놓여 있는 청소기를 발견하고는 거실문을 닫고 내 갈 길을 가기로 했다. 슬슬 내 건강이 걱정됐다.

요나스에게 제육볶음을 대접한 적이 있다. 그는 한식도, 매운 음식도 모두 좋아했다. 알려주지도 않았는데 요나스가 제육볶음을 크게 한 숟갈 퍼서 밥 위에 올린 후 휘휘 비벼 먹는 모습은 신선한 충격이었다. 그는 비빈 밥을 야무지게 숟가락으로 퍼서 한입에 쏙 넣어 먹었다. 콧수염에 잔뜩 묻은 제육볶음 양념은 그가 얼마나 음식을 즐기고 있는지를 보여줬다.

"안 매워?"

한국 음식을 먹을 때면 나는 자주 그를 확인했다. 아무래도 독일인은 매운 음식을 못 먹는다는 생각 때문이었다.

"숭진, 봐봐. 두 가지 타입의 매운맛이 있어. 하나는 목 아래가 뜨거운 매운맛이야. 아주 맛있고, 필요한 매운맛이지. 다른 하나는 목 위가 아픈 매운맛이야. 이 경우는 좋지 않지. 근데 이건 첫 번째 매운맛이야. 한마디로 완벽하다는 뜻이지."

이후에도 매운맛에 대해 물어보면 요나스는 항상 같은 답을 했다. 목 아래쪽을 손부채질하는 제스처는 별로 맵지 않다는 우리의 암호였다.

요나스는 제육볶음과 함께 쌈을 싸 먹으라고 씻어놓은 로메인을 집어 능숙하게 물기를 탁탁 털었다. 그 모습이 영락없는 한국의 중년 남성 같아서 웃음이 났다. 그러던 중 로메인 한 장이 요나스의 손을 떠나 바닥에 떨어졌다. 나는 웃으면서 로메인을 대신 주웠다. 요나스도 웃으면서 나한테 손을 내밀었다. 자신이 떨어뜨렸으니 스스로 버리겠다는 뜻으로 보였다. 로메인 한 면에는 바닥에 나뒹구는 먼지가 잔뜩 붙어 있었기 때문에 나는 깨끗한 쪽을 잡아 요나스에게 건넸다.

"고마워."

요나스는 로메인을 받아 자신의 손바닥에 펼쳤다. 그리고 제육볶음과 밥, 김치 그리고 고추장을 로메인 위에 올렸다. 나는 삽시간에 얼굴이 굳었다. 설마 하는 순간 말릴 새도 없이 요나스의 입으로 쌈이 쏙 들어갔다. 나는 현기증이 났다. 입안에 있던 음식이 마치 모래처럼 느껴질 정도로 입맛이 싹 사라졌다.

"잠깐만, 요나스!"

요나스는 입으로 오물오물 쌈을 씹으면서 검지를 들어서 '음식을 다 먹을 때까지 잠깐 기다려 달라'는 신호를 보냈다. 참고로 독일에서는 음식물이 입에 든 상태에서 말하는 건 상당한 무례다. 먼지 덩어리 로메인을 면전에서 먹으면서 식사 예절을 지키는 모습을 보고 있자니 어이가 없었다.

"왜?"

한참을 야무지게 음식을 씹어 삼킨 요나스가 순진무구한 얼굴로 물었다.

"바닥에 떨어졌잖아."

"그런데?"

"더럽잖아."

"뭐가 더러워. 괜찮아."

"아니…… 바닥이 깨끗하지 않잖아."

"손으로 털어서 괜찮아."

손으로 턴 적 없다. 내가 봤다. 하물며 손으로 털었어도 더럽다.

"너무 깨끗하게 생활하면 면역력에 안 좋아. 이 정도는 몸이 스스로 소화할 수 있어."

요나스는 다시 한번 걱정하지 말라고 했다. 독일은 자연 친화적인 정서가 강해 위생에 대한 관념이 한국보다 너그럽긴 하지만 이건 정도가 심했다. 더 말을 하려다 독일어가 부족해 입을 다물었다. 전의를 상실한 텅 빈 눈으로 고개를 끄덕거리며 알았다고 했다. 그리고 숟가락을 내려놓았다.

더 이상 두고만 볼 수 없었다. 나는 우선 냉장고에 두지 않아도 되는 음식과 나의 개인 식기를 방으로 옮겼다. 프라이팬도 새로 사서 옷장에 넣어뒀다. 주방에 내가 전에 살던 집에서 가져온 프라이팬이 있었지만, 요나스가 마음대로 사용해 기름때가 칠갑이 된 지 오래였다. 칼도 요나스가 쓰고 나서 잘 씻지 않아 군데군데 마른 살코기가 붙어 있었다. 칼을 방으로 가져가기 위해 냄비에 끓는 물로 삶는데 순간 화가 치솟았다. 요나스도 자신의 주방용품이 있었다. 지저분

80

하거나 그을리긴 했지만 그는 문제없이 쓴다고 했다. 근데 말만 그렇게 하고 자꾸 내 주방용품을 썼다. 그럼 식기세척기를 쓰자고 하니 전기세 때문에 쓰고 싶지 않다고 했다.

식재료도 그랬다. 요나스는 내가 장을 봐 온 재료를 자주 먹었는데 내가 한참 냉장고를 들여다보며 재료를 찾고 있으면 애교 어린 표정으로 다가와서 자신이 먹었다고 말하는 식이었다. 그는 미안해하며 자신의 식재료를 얼마든지 먹어도 된다고 말했다. 냉장고 안에는 상한 요거트와 포장을 열어둬 말라비틀어진 슬라이스햄, 이상한 민트맛 푸딩뿐이었다. 그의 재료 중 먹고 싶은 음식은 단 하나도 없었다.

나는 공산품 위주로 장을 보기 시작했다. 파스타나 쌀, 토마토소스 같이 실온에 보관해도 되는 재료 위주로 사서 내 방 서랍에다 보관했다. 과일이나 채소는 아주 소량만 사 당일이나 다음 날 요리했다. 요나스가 저녁 식사를 하는 시간에 일이 끝나면 밖에서 음식을 포장해 와서 먹었다.

하루는 요나스에게 한식을 요리해주기로 했다. 요나스가 태워버린 프라이팬을 쓰기 싫어서 냄비에 휘뚜루마뚜루 수육을 삶았다. 나는 된장보다는 생강을 넣어 삶는 쪽을 더 좋아한다. 생강으로 삶은 수육은 냄새가 덜하고 고기가 뽀얗고 투명하다. 김치나 무침 요리를 곁들여 먹으면 입에 착착

달라붙는다. 수육을 한 점 먹은 요나스도 그걸 느꼈는지 눈을 감고 '음' 소리를 냈다.

"독일도 고기를 삶아서 먹는데 맛이 완전히 다르다."

독일에는 실제로 고기나 소시지를 삶아서 먹는 경우가 더러 있다. 아이스바인(Eisbein)이 대표적인데 염지를 해서 수육보다는 간이 세지만 질감이나 모양이 꽤 비슷하다.

"응, 오이무침을 올려서 먹어."

요나스는 내 말대로 수육 위에 오이무침을 올렸다. 어색한 젓가락질에 마음이 조마조마했다. 한 점을 입에 쏙 넣더니 한 번 더 '음' 소리를 냈다.

"부드러워. 완전히 부드러워. 오이는 완전히 신선하고."

요나스가 음식에 감탄하며 다시 수육 한 점을 집었다. 이번에는 젓가락질이 더 위태로웠다. 젓가락에 매달려 휘청거리는 수육 고기에 눈을 뗄 수 없었다. 아니나 다를까 고기는 바닥으로 추락했다. 바닥을 보니 먼지 구덩이에 수육 한 조각이 덩그러니 놓여 있었다.

순간 바닥으로 향하는 요나스의 손이 보였다. 나는 본능적으로 발을 들었다. 그리고 빠르게 고기를 밟았다.

"어이쿠, 실수! 미안."

나는 눈치를 보며 놀란 척을 했다.

"아! 괜찮아."

요나스는 아쉬운 눈빛으로 밟힌 고기를 쳐다봤다. 나는 혹시라도 요나스가 다시 고기를 먹으려고 할까 봐 재빨리 고기를 주워 쓰레기통에 버렸다. 식사를 마치고 방으로 들어가려는데 쓰레기통에 버려진 먼지투성이 고기 조각이 눈에 들어왔다. 비위를 사수한 내 순발력에 찬사의 박수를 보내주고 싶었다.

휘뚜루마뚜루 수육

재료

- 통삼겹살 500그램
- 생강 1조각
  (검지 한 마디 정도 크기)
- 통후추 5알
- 소금 2큰술

01 생강은 껍질을 까서 두툼하
    게 슬라이스한다.

02 냄비에 통삼겹살과 생강, 통
    후추, 소금을 넣고 고기가 잠
    길 만큼 찬물을 붓는다.

03 02를 한 시간 정도 끓인다.

04 고기를 꺼내 속이 익었는지
    확인한다. 아직 안 익었다면
    좀더 끓인다.

05 고기가 익었으면 먹고 싶은
    두께로 슬라이스해 접시에
    낸다.

06 김치나 무침류를 곁들인다.

07 요나스가 고기를 바닥에 떨
    어트리지 않기를 바라는 조마
    조마한 마음을 달래며 맛있
    게 먹는다.

인종차별이 뭐길래 (1)

베를린에서 보낸 첫해 페이스북 어플을 지웠다.

어학원에는 쉬는 시간마다 자판기 옆 휴식 공간을 차지하고 앉아 큰 소리로 떠드는 오합지졸 무리가 있었다. 일고여덟 명 정도 되는 무리였는데 대부분 백인이었고 우리 반 아랍인 친구와 동양인 커플도 속해 있었다. 어린 티를 벗지 못한 어중이떠중이 모임이었지만 어학원의 중국인 여자애들만 보면 이죽거리면서 시비를 걸어 눈꼴시곤 했다.

그들 중 한 명인 우리 반 아랍인 친구에게 택배를 전해준 적이 있었다. 가벼운 안부 인사를 하는데 무리가 눈빛을 주고받더니 자기들끼리 웃음을 터트렸다. 왜 저러나 싶었지만 귀찮아서 무시하고 지나갔더랬다.

다음 날 쉬는 시간에 중국인 친구들과 커피를 뽑아 마시려고 자판기에 줄을 섰는데 누군가 뒤에서 중국어인 듯 중국어가 아닌 소리를 냈다.

"니하오마, 니하오마! 왱왱왱왱 니하오마?"

같이 있던 친구의 표정이 굳었다.

"니하오마! 니하오마! 왱왱왱"

점점 큰 소리가 나길래 뒤를 돌아보니 오합지졸 무리였다. 그중 한 명이 나를 보며 다시 한번 소리를 냈다. 덩치 큰 곱슬머리에 안경을 쓴 백인 남자였다. 주변 친구들은 입을 틀어막고 웃음을 참고 있었다. 중국인 친구가 내 팔을 잡았다. 그냥 두라는 뜻이었다. 나는 그들에게 다가갔다.

"나 부른 거야?"

"응."

무리가 웃기 시작했다. 나는 일부러 사람 좋은 웃음을 지으며 말했다.

"나는 중국인 아니고 한국인이야."

좋게 얘기를 하고 끝내고 싶었다. 중국 브로커가 유학생을 퍼 나르는 우리 어학원의 특성상 워낙 중국 학생이 많았기에 만에 하나 호의를 담은 인사일지도 모른다고 좋게 좋게 해석하고 싶기도 했다.

"아, 그래? 나는 네가 중국인인 줄 알았어."

다시 한번 무리가 웃음을 터트렸다. 나는 어깨를 으쓱하고는 다시 자판기 줄로 돌아갔다. 뒤에서 다시 소리가 들렸다.

"앙녕하쉐요! 앙녕! 영영녕녕"

남자는 나에게 손을 흔들며 여자 목소리를 냈다. 슬슬 목 아래가 꿀렁거리면서 화가 올랐다.

"너, 나한테 '안녕하세요'라고 했어?"

"응. 안녕하쉐요. 앙녕! 안녕하세요!"

또 여자 목소리를 흉내 내면서 일부러 이상한 발음을 냈다. 무리가 웃었다.

"어쩌라고? 뭘 말하고 싶은데?"

"여기 옆에 있는 내 친구들이 한국인이라 너에게 인사하고 싶었어."

남자는 동양인 커플을 가리키며 말했다. 커플을 노려보니 나를 보고 머쓱하게 웃었다. 둘은 대충 봐도 한국인이 아니었다.

"얘네 한국인 아닌데? 동양인이라고 똑같이 생기지 않았어. 다 다르게 생겼다고."

"아? 그런가? 사실은 얘네 일본인이야."

아니었다. 인상이 중국인이었다.

"얘네 일본인도 아니잖아."

"헉! 너는 그걸 어떻게 알아? 세상에."

남자는 놀라는 척했다. 그러고 말을 이었다.

"나는 길에서 어떤 동양인 남자 만났는데 얘(커플 중 남자)인 줄 알고 이름 부르면서 달려갔잖아."

무리가 웃었다.

"재밌어? 나는 재미없는데."

쉬는 시간이 거의 끝나가서 나는 여기까지만 하기로 했다. 화장실에 갔다가 나오니 남자가 다시 나를 불렀다.

"이번엔 내가 재미있는 게임을 준비했어. 내가 중국인, 일본인, 한국인 사진 보여줄 테니까 네가 한번 맞춰볼래?"

정확히 이때 내 눈이 돌아갔다.

"너는 이게 재밌어? 너넨 뭐가 웃겨서 웃어? 너 이게 웃겨? 너는? 너는?"

나는 무리 한 명, 한 명을 손가락질하면서 웃기냐고 물었다. 큭큭거리던 무리는 웃음기를 지우고 고개를 절레절레 흔들었다. 특히 동양인 커플에게는 더욱 성질이 났다. 같은 동양인끼리 이럴 수는 없었다.

"너네는 대체 뭐가 웃겨? 같은 동양인인데, 얘가 다른 중국인 놀리면 말리지는 못할망정 뭐가 웃기냐고. 이거 인종차별이야.”

목소리가 커지자 사람이 몰렸다. 시선이 집중되니 남자
는 뾰루퉁한 표정을 지으며 자존심을 세웠다.

“인종차별 아닌데? 그냥 인사거든?”

“네가 동양인 여자애들만 골라서 괴롭히는 것 자체가 이
미 인종차별이거든?

정신을 차리니 나는 ‘멍청한 인종차별주의자’라고 남자
얼굴에 삿대질하고 있었다. 남자는 나에게 인종차별 같은
소리 하지 말라며 맞불을 놓고 있었다. 다른 반 선생이 나와
나를 말렸다. 웃으면서 나와 남자를 갈라놓는 선생을 보며
인종차별한 사람은 저 인간인데 왜 나를 말리냐며 소리를
질렀다. 선생은 두 손으로 진정하라는 제스처를 취했다.

“워, 워. 굳이 인종차별주의자라고 할 필요는 없어”

“나한테 이래라 저래라 하지 마세요. 당신은 무슨 일이
벌어졌는지 모르잖아요!”

선생은 계속 웃으며 진정하라는 말만 반복했다. 결국 반
친구가 나와 남자를 뜯어냄으로써 상황이 끝났다. 친구는
원래 못된 장난으로 유명한 애들이니 참으라고 했다. 나는
남자와 멀어지면서도 한 번 더 남을 놀리는 꼴을 보면 가만
두지 않겠다며 성을 냈다.

집에 와서 씩씩거리면서 독일 유학생이 모여 있는 페이스북 그룹에 있었던 일을 그대로 적었다. 표면적으로는 남을 괴롭히는 학생을 그대로 두는 학원에 정식으로 항의할 방법을 알아보기 위해서였고, 속으로는 내 대처가 과하진 않았나 싶은 불안 때문이었다. 참 이상한 일이었다. 반 친구들에게 '인종차별이 맞아'라는 말을 종일 들었는데 나는 자꾸만 확인하고 싶었다. 괜히 화를 냈는지 후회되기도 했고 내가 이상해 보일까 봐 걱정되기도 했다. 한편으로는 보복도 두려웠다. 베를린에서 좀더 지내게 되면서 알게 된 일이지만 인종차별은 상대방의 의도에서는 선한 면을 찾고 나의 반응에서는 못난 점을 곱씹게 한다.

응원과 대처 방법에 대한 댓글이 많이 달렸다. 경찰에 신고를 하거나 어학원에 항의를 해야 하는 일이 있으면 이메일 쓰는 일을 도와주겠다는 사람도 있었다. 비슷한 경험을 공유하는 댓글은 정말 큰 힘이 되었다. 오히려 댓글을 보고 나니 더 이상 지난 일로 스트레스 받을 필요가 없는 듯 보였다. 안심하고 침대에 누웠다. 자기 전 마지막으로 확인하려고 했던 댓글창에는 70개가 넘는 댓글이 달려 있었다.

'본인의 부정적인 감정, 어설픈 대처를 굳이 왜 이곳에 남기는가?', '그건 인종차별이 아니다', '친해지려는 장난을 인종차별이라고 부르지 마라' 등 부정적인 댓글을 대충 요약하면 이런 내용이었다. 어떤 사람은 내 글을 완전히 오독하고는 일본인인 내가 중국어를 들어 화를 낸 것이라며 공개적으로 비난했다. 그는 나를 '병신'이라고 하며 자신의 페이스북 페이지에 내 사고방식이 '페미나치' 같다며(성별을 포함한 내 모든 정보는 비공개였다) 장문의 비난 글을 남겼다. 마치 폭주하는 오독의 증기기관차 같은 글이었다.

답글을 달려다 실시간으로 업데이트되는 댓글에 아찔해졌다. 나는 뜬눈으로 밤을 새웠다. 핸드폰을 붙들고 새로고침만 반복하는 사이사이 응원 쪽지도 많이 왔다. 그 사람들이 나를 대신해서 댓글로 싸워주기도 했다. 글에서 나를 비난하는 사람은 정확히 네 명이었다. 나는 그들의 페이스북 페이지를 들어가서 대체 어떤 사람인지 보기 시작했다. 그들을 A, B, C, D라고 부르겠다.

A는 독일에 사는 남자였다. 그는 내가 페이지에 부정적인 감정을 공유했다면서 분노하는 댓글을 달았다. 그의 페이지에는 미군이 훈련하는 영상이 스크랩되어 있었고, 개인 게시물로는 백인 친구들과 맥주를 마시는 사진이 전부였다.

B는 내 글을 완전히 오독해 틀린 말만 늘어놓으며 '페미나치'란 단어를 들먹인 사람이었는데 그의 페이지엔 온통

정치 관련 글뿐이었다. 탄핵이나 특정 당 지지 글 같은 거였는데 프로필 역시 촛불 시위 사진이었다. 그는 경기도에 살고 있었고 독일과 아무 상관없는 사람이었다.

C도 A처럼 내가 위로를 받으려고 글을 올렸다는 식의 비난을 했는데 그는 독일과 상관없는 일본 유학생이었다. 교회를 열심히 다니는지 페이지는 성경 구절로 가득했다.

D는 가장 열과 성을 다해 긴 글을 남기며 나를 비난하는 사람이었다. 그는 나름 커뮤니티의 네임드였는데 '니하오'라는 말이 논란이 되면 어디선가 나타나 인종차별이 아니라며 기나긴 입씨름을 하는 사람으로 유명했다. 내 글에도 마찬가지였다. 그는 1세계 백인보다도 더 그들에게 몰입한 말투로 '니하오'가 인종차별이 아니라고 판단한 본인의 논리에 대해 구구절절 댓글을 남겼다. 어떤 댓글은 같은 말이 너무 반복돼 읽기를 포기해야 할 지경이었다. 그는 A처럼 독일에 살고 있었다. 좀 다른 얘기지만 D는 사건으로부터 몇 년 후 각종 커뮤니티에서 자취를 감췄는데 들리는 소문으로는 D가 불법체류자라서 흔적을 지워야만 했다고 한다. 한편에서는 D가 한국인을 대상으로 클럽에서 마약을 팔고 심지어 상대가 원하지 않는 마약을 술에 타기도 해서 문제가 되었다고 했다.

나는 내친김에 내게 응원의 쪽지를 보낸 사람의 페이지
도 들여다봤다. 세 명이 쪽지를 보냈는데 두 명은 한국에 살
고 있고, 한 명은 프랑스 유학생이었다. 허탈한 웃음만 나왔
다. 한참 자지러지게 웃고 페이스북 어플을 지웠다.

긴 이야기를 끝까지 들은 요나스가 '인종차별이라기보다
는 그냥 멍청이네'라고 답했을 때 나는 당황해서 얼이 빠졌
다. 일이 터진 지 반년이나 지난 시점이라 사건에 대한 감흥
은 사라진 지 오래였다. 오로지 요나스의 말이 기가 찼다.

'Gegen Rassismus(인종차별에 맞서자)' 우리 집의 현관문
을 열면 가장 먼저 보이는 문구였다. 요나스는 독일의 좌파
당인 링케의 열렬한 추종자였으며 지독하게 나치를 증오했
다. 특히 우익 포퓰리즘을 내세운 극우정당 AfD(Alternative
für Deutschland) 얘기만 나오면 입에 손가락을 넣고 구역질
하는 척했다. 축구 팬도 아닌 요나스가 분데스리가 2부 리
그의 축구팀인 FC장크트파울리(FC St. Pauli)의 굿즈를 사
모은 이유도 FC장크트파울리가 'Anti-Nazi(나치 반대)'를
내세우는 좌파 성향의 구단이어서다. 그런 요나스가 나에게
완전히 다른 얘기를 하고 있다는 게 속이 터졌다.

"숭진, 나도 너에게 한국어로 인사를 해. 너와 친하게 지

내고 싶으니까. 하지만 내 외국어는 너도 알다시피 완벽하지 않아. 무슨 말인지 알지?"

"요나스. 걔네가 나한테 다른 언어로 한 인사가 문제라는 말이 아니야. 문제는 톤이었어. 그들은 나를 계속 비웃었고, 나에게 동양인의 국적을 구분하라고 시켰어. 그건 인종차별이야."

요나스는 곤란한 표정으로 입을 오므리고 손바닥을 흔들었다. 동의하기 힘들다는 뜻이다.

"실제로 백인이 동양인을 구분하긴 어려워. 너도 백인의 얼굴을 구분하기 힘든 경험이 있지 않아?

"내가 백인 얼굴을 구분하기 어렵다고 너에게 백인 사진을 보여주면서 테스트하진 않지. 그저 나를 놀렸을 뿐이라니까?"

"봐봐, 나는 중국인, 일본인, 한국인을 구분할 수는 없어. 나는 백인이니까. 아, 하지만 몽골인과 한국인을 구분할 순 있어. 몽골인은 한국인보다 얼굴이 동그랗고 커."

요나스는 분위기를 푼답시고 장난을 치며 큰 얼굴을 묘사하는 동작을 하면서 볼을 부풀렸다. 나는 아무런 반응 없이 입을 다물었다.

요나스가 말한 몽골인에 대한 오해가 문제가 아니었다.

우린 서로 다른 얘기를 하고 있었다. 그에게 인종차별은 인종청소를 하고 순혈주의를 강조하며 외국인을 노예처럼 부리는 나치다. 나에게 인종차별은 방금의 요나스다. 평범한 사람이자 삶의 어느 순간에서든 자신의 편견에 걸려 넘어지는 사람 말이다.

나는 내 앞에 있는 미지근한 커피를 입에 털어 넣었다. 요나스에게는 피곤하니 방에 가서 쉬겠다고 말했다. 식은 커피를 마시고 나니 입이 텁텁해서 양치하고 침대에 누웠다. 잠깐 누우려 했는데 눈을 뜨니 아침이었다. 출근 준비를 하고 자전거를 타고 일터로 향했다. 일주일 정도 울컥울컥 화가 나는 일만 빼면 평범한 일상이었다.

독일의 장소별 커피 문화

~ 집 ~

검소하기로 유명한 독일인은 집에서 마시는 커피를 사랑한다. 테이크 아웃 커피 문화가 발달한 한국과는 다르다. 전문가 수준의 장비를 갖추고 커피를 즐기는 사람도 분명 있겠지만 주로 간단하게 내린 필터 커피나 모카포트 커피가 가장 흔하다. 우유나 귀리우유, 두유를 냉장고에서 꺼내 그대로 커피에 넣어 마시기도 한다. 한국인 기준으로는 온도도 미지근하고 농도도 맹맹하지만 익숙해지면 종종 생각난다. 동독 출신 가정의 경우 분단 시절 대표적인 가정식 커피였던 터키쉬 모카(tÜrkisch Mokka)를 여전히 즐겨 먹기도 한다. 동독식 터키쉬 모카는 컵에 곱게 간 원두 가루와 뜨거운 물을 함께 넣고 가루가 가라앉으면 마시는 간단한 커피다.

~ 대형마트 ~

독일의 대형마트에서는 각종 커피를 판다. 커피 가루, 파드 커피, 캔커피 등 종류가 많다. 팩이나 병에 든 한국 편의점 커피 스타일의 제품은 계산대 주변 냉장고에 있다. 주의할 점이 독일의 편의점이라고 할 수 있는 슈패티(Späti)에서는 편의점 커피류를 거의 팔지 않는다. 슈패티에는 주로 전자동 커피머신이 있어 주문을 하면 커피를 뽑아준다.

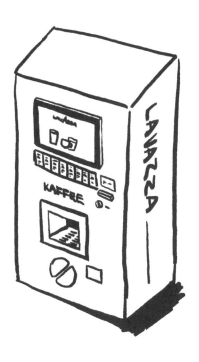

~ 자판기 ~

인스턴트 커피나 전자동 커피머신으로 뽑은 원두커피를 판매한다. 가
격이 저렴하면 주로 인스턴트 커피 자판기다. 원두를 쓰는 경우 주문
과 동시에 그라인더가 커피를 분쇄하는 소리가 들린다. 한국처럼 학교
나 학원에 빠지지 않고 있다. 지하철역이나 거리에서 드물게 보이지만
점점 사라지는 추세다. 아메리카노를 마시고 싶은데 메뉴에 없다면 카
페 크렘(Café Crème)를 선택하면 된다.

~ 빵집(Bäckerei) ~

독일에서는 아침만 되면 빵집이 붐빈다. 일터에 가서 먹을 빵을 사는 직장인, 여유를 즐기며 아침 식사를 하려는 동네 주민, 하루 동안 먹을 신선한 빵을 사려는 사람 등의 발길이 끊이지 않기 때문이다. 독일의 빵집은 주로 전자동 커피머신을 쓴다. 바쁜 고객을 위해 빠르고 손쉽게 커피를 내려주기 위함이다. 빵집에서 우유가 들어간 커피 메뉴를 시키면 두툼한 우유 거품 중간에 커피가 통과한 듯한 커피 자국이 두 줄 보인다. 머신 커피 특유의 모양새다. 다만 빵 가격이 비싼 빵집이나 트렌디한 유명 빵집의 경우 에스프레소 머신을 쓰는 경우도 많다. 물론 에스프레소 머신 커피는 가격이 좀더 비싸다.

~ 카페 ~

카페는 주로 에스프레소 머신을 쓴다. 원두를 판매하거나 로스팅을 하는 스페셜티 커피 전문점의 경우 V60 필터커피나 한 번에 다량의 필터커피를 뽑는 배치 브루(Batch brew) 커피를 내기도 한다. 몇 년 전까지만 해도 차가운 커피를 거의 팔지 않았지만 요즘은 많은 카페가 아이스 메뉴를 내고 있다. 여름에 콜드브루나 콜드드립을 하는 곳도 왕왕 있다. 세계적으로 유명한 독일의 카페는 주로 베를린과 함부르크에 몰려 있으니 커피에 관심 있다면 두 도시를 주목하면 좋다.

인종차별이 뭐길래 (2)

인종차별 하니까 떠오르는 두 가지 이야기.

~발차기 할아버지~

당시 내 일터와 가장 가까운 역이었던 노이쾰른의 보보딘슈트라세(U-Bahnhof Boddinstraße) 역은 소문난 미치광이들이 모이는 광기의 사랑방이었다. 역 안에서 담배를 피우는 사람은 기본이고 똥오줌을 누는 취객부터 여럿이 모여 함께 잠꼬대를 하는 노숙자 무리까지 개성 만점 광인을 만나기에 이보다 좋은 공간은 없었다. 그러나 생각보다 위험한 곳은 아니었다. 미치광이들은 의외로 다른 세계에 그다지 관심이 없다.

그런데 딱 한 번 미치광이의 세계와 이어졌던 적이 있다. 오픈 근무를 마치고 오후 4시쯤 조기 퇴근을 한 날이었다. 마침 날씨도 맑아 기분 좋은 발걸음으로 지하철을 타기 위해 계단을 내려갔다. 그때 역 승강장 앞쪽에 서 있던 어떤 할아버지가 동서남북으로 비틀거리면서 복싱인지 지루박인지 모를 스텝을 밟고 있었다. 하얀색 민소매 티에 얼룩이 많은 회색 추리닝 바지를 입은 할아버지의 몸짓은 왠지 1호선의 대표 빌런, 단소 살인마와 닮아 보였다. 입으로 쉭, 쉭, 소리를 내며 혼자 허공에 주먹질하는 자세부터 그랬다.

타야 할 열차 쪽으로 가기 위해선 그의 옆을 지나가야 했기에 별생각 없이 할아버지 쪽으로 걸었다. 전광판에 뜬 열차 도착 예상 시간을 보며 걷다가 무심코 앞에 있는 할아버지를 봤는데 마침 나를 쳐다보고 있었다. 그때부터 모든 움직임이 슬로모션으로 보이기 시작했다.

할아버지는 오른쪽 다리를 들었다. 어릴 적 태권도 학원에서 배웠던 돌려차기 자세였다. 발차기의 사정거리 안에 내가 있었다. 할아버지가 허리를 틀었다. 제대로 발차기를 날리겠다는 신호였다. 할아버지 입에서 '쉬익' 하는 소리가 났고, 그대로 오른쪽 다리가 날라왔다. 나는 반대쪽으로 허리를 잔뜩 꺾으면서 아슬아슬하게 발차기를 피했다.

"어머!"

나는 할아버지의 발이 닿지 않는 곳으로 후다닥 몸을 피했다. 할아버지는 스텝을 밟으면서 나를 쳐다보더니 허공에 몇 번 더 돌려차기를 날렸다. 나는 직감했다. 저 미치광이 할배, 내가 우스웠구나. 아시안 여자여서 더 우스웠구나. 나는 죽일 듯이 할아버지를 째려봤다. 그러든지 말든지 할아버지는 다시 동서남북 스텝을 밟으며 원래 있던 계단 쪽으로 갔다.

나는 계단을 내려오는 다음 사람을 찾았다. 키가 190센티미터는 족히 되어 보이는 백인 남자. 옳지, 잘됐다. 할아버지는 다가오는 남자 앞에서 여전히 스텝을 밟고 있었다. 곧 머쓱하게 스텝만 밟다가 딴청을 피울 할아버지의 모습이 눈에 선했다. 자동차에서 싸움이 붙었을 때 덩치 큰 남자가 나오면 입을 다무는 강약약강 운전자가 생각났다. 셋, 둘, 하나, 액션.

"쉬익"

할아버지가 남자에게 돌려차기를 날렸다. 남자는 나처럼 후다닥 옆으로 몸을 피했다. 나는 얼이 빠진 채로 둘만 쳐다보고 있었다. 남자가 할아버지에게 "뭐 해요?"라며 짜증을 냈다. 할아버지는 나에게 했던 그대로 남자의 말을 무시하고 원래 있던 계단 쪽으로 돌아가서 스텝을 밟았다. 이상하게도 안도의 한숨이 나왔다.

'뭐야. 난 또 인종차별인 줄 알았네. 그냥 미치광이 할아버지였잖아!'

집에 가는 길 내내 왠지 웃었다.

~히나판네(Chinapfanne)~

쉬지도 못하고 열네 시간을 일한 날이었다. 일일 아르바이트로 케이터링 행사를 했는데 인원은 부족하고 주어진 업무는 많아서 육체노동의 강도가 셌다. 주방 집기를 엘리베이터도 없는 건물의 옥상 공간으로 옮겨야 했고, 다뤄야 하는 메뉴가 많아서 행사 시작 몇 시간 전부터 쉼 없이 조리해야 했다. 일이 다 끝나고 나서는 그저 멍했다. 그대로 길에 엎어져 곯아떨어지고 싶었다.

행사장 옆에 세워둔 자전거까지 걸어가는 길이 어찌나 멀던지. 호기롭게 자전거를 끌고 온 아침의 나를 용서할 수 없었다. 자전거만 없었다면 당장이라도 택시를 불러서 집으로 갈 텐데 선택지가 없었다. 자전거는 동네의 작은 크나이페(Kneipe, 독일식 술집) 앞에 묶어 뒀었다. 크나이페에 다다르니 야외 테이블에 앉아서 술을 마시는 두 명의 남자와 한

명의 여자가 보였다. 나는 자전거로 터벅터벅 걸어가 자물
쇠를 풀었다.

"여기! 야! 여기!"

테이블에 앉은 여자가 냅다 손을 크게 흔들면서 나를 불
렀다. 이미 목소리부터 술에 절은 시비조였다. 내 안에 있는
오늘치 친절은 다 쓴 지 오래였다.

"왜?"

나는 썩은 웃음을 지으면서 되물었다. 여자도 못지않게
실실 웃었다.

"저녁 먹었어?"

"응."

"뭐 먹었어? 히나판네?"

히나판네는 중국의 웍을 칭하는 독일어인데, 웍에 볶
은 중국식 국수도 같은 이름으로 불린다. 에그누들과 채소,
고기나 해산물을 볶아 간장으로 양념하는 메뉴로 1970년
대 베트남 이민자에 의해 퍼지기 시작했다. 베트남 현지 음
식을 하기엔 마땅한 식재료가 없었기 때문에 이미 미국에
서 인기를 끈 에그누들을 가져와 아시아 간이음식점(Asia
Imbiss)이란 뭉뚱그린 이름으로 팔았다. 간장으로 간해서 맵
지 않고 국물이 없어 포장하기 쉬운 히나판네는 금방 인기

를 끌었고 베트남, 중국, 태국 등 온갖 아시아 레스토랑의 스테디셀러가 됐다.

여전히 길거리에서 흔하게 만날 수 있는 히나판네의 맛은 형편없다. 국수는 대용량으로 미리 볶아둬서 불어 터졌고, 간장을 들이부어 짜고 감칠맛이 없다. 고기(모두 냉동만 사용한다)나 채소는 색깔만 겨우 낼 정도로 구색만 갖췄다. 아시아 레스토랑에 가면 점심 특선으로 히나판네 메뉴가 빠지지 않는데 길거리 식당만큼은 아니지만 역시 대체로 맛이 없다. 현지화라는 불가항력에 무릎 꿇은 히나판네 맛을 보면 이민자의 처참한 심정까지 상상하게 된다.

히나판네는 아시아인을 비하할 때 쓰이기도 한다. 감자로 독일인을 놀리거나 김치로 한국인을 조롱하는 일과 비슷하다. 방금 여자가 나에게 히나판네를 먹었냐고 묻는 이유도 같은 결이다.

"히나판네? 나는 한국에서 왔어."

나는 고개를 절레절레하면서 대충 답했다.

"그러든지 말든지."

여자는 내 말이 끝나기도 전에 귀찮다는 듯 손을 내저었다. 여자의 표정에 뚜껑이 열렸다. 입이 스스로 움직이기 시작했다.

"너는 저녁 뭐 먹었어? 되너? 뒤름(Dürüm)? 아니면 바클라바(Baklava)?"

튀르키예 이민자가 주로 파는 음식이었다. 나는 여자와 같은 종족을 알았다. 이민자 취급은 1초도 견디지 못할 인간이었다. 아니나 다를까 여자는 발끈하면서 소리쳤다.

"나는 독일인이야! 튀르키예인이 아니라고! 내가 외국인처럼 보여?"

"아! 그러든지 말든지."

여자가 했던 그대로 말을 끊고 똑같이 손을 내저었다. 옆에 있던 남자 둘이 웃음을 터트렸다. 내가 여자에게 소위 말하는 '참교육'을 했기 때문이었다. 같이 있던 남자는 "쟤 잘하네"라면서 배를 잡고 웃었다. 여자는 얼굴이 울그락불그락했다. 나는 자전거에 올라타 여유 있게 웃으며 작별 인사를 했다.

"좋은 밤 보내!"

나는 신이 나서 자전거 페달을 밟았다. 평일 저녁이라 사람도, 차도 거의 없기 때문에 속도를 더 높였다. 밤바람을 맞으니 피로가 좀 가셨다. 그대로 고요한 직진 도로를 달리는데 시원하던 마음속에서 끈적끈적한 무언가가 올라왔다.

독일 내 튀르키예 이민자는 약 150만 명으로 이민자 집

108

단 중에 가장 인구가 많다. 튀르키예계 2세나 3세까지 치면 약 275만 명에 달한다. 튀르키예 이민자는 1950년대 '손님 노동자' 제도를 통해 독일로 넘어왔다. 손님노동자는 전쟁 이후 폐허가 된 도시를 재건하기 위해 독일이 실업률이 높은 주변 나라와 맺은 노동협약이다. 저임금 고강도 노동을 위한 손님노동자의 유입으로 독일 사회는 빠르게 경기를 회복했다.

독일인의 실업률이 치솟기 시작하자 1973년에 제도가 중지되었고, 정부는 이민자를 줄이기 위해 외국인 고용 기간을 낮추고 채용비를 올렸다. 사회 곳곳에서 외국인 때문에 현지인의 일자리가 줄었다는 볼멘소리가 쏟아졌다. 그들의 노고는 잊힌 지 오래였다.

취객과 입씨름했던 그해는 축구선수 메수트 외질(Mesut Özil)의 독일 국가 대표팀 은퇴 선언이 있었다. 이중 국적자인 외질이 반민주주의적 정치 성향을 가진 튀르키예 대통령과 찍은 사진이 사건의 발단이었다. 거기에 러시아 월드컵에서 독일이 조별리그에서 탈락하자 외질에 대한 비판은 더욱 거세졌다. 외질의 국적 정체성이 의심된다는 비난이 유독 컸다. 더 이상 견디지 못한 외질은 독일축구협회의 인종차별을 이유로 대표팀에서 은퇴했다. 문제는 은퇴 이후 인

터넷과 축구장에 심심치 않게 드러난 인종차별적인 모욕이
었다.

2000년대 들어서는 한동안 '되너 살인(Döner-Morde)'이
라고 불렸던 연쇄살인도 있었다. '민족·사회주의 지하동맹
(Nationalsozialistischer Untergrund, NSU)'이라는 네오나치 테
러리스트 집단이 2000년부터 2007년까지 독일 전역에서 튀
르키예계 이민자 여덟 명, 그리스계 이민자 한 명 그리고
독일계 경찰 한 명을 살해한 사건이다. 외국인 혐오가 동기
였다.

수사는 난항이었다. 경찰은 외국인 혐오 범죄가 아닌 국
제 범죄 조직, 그중에서도 튀르키예 마피아에 초점을 맞췄
다. 우익단체는 언급되지도 않았다. 수사는 당연히 제자리
걸음이었다. 10년이 넘는 시간이 흐른 2011년 11월, 주요 용
의자 세 명 중 두 명이 은행 강도 범행 중 자살하고 한 명이
투항하고 나서야 사건은 수면 위로 드러났다.

극우 성향의 범죄 집단의 소행임이 밝혀지자 범행에 인
종적 동기가 드러나지 않았다고 주장했던 바이에른주 경찰
은 뭇매를 맞았다. 피해자 유족은 유엔에 바이에른주 경찰
을 고발하는 보고서를 제출하기도 했다. 당시 총리였던 앙
겔라 메르켈은 독일 사회에 변화를 촉구하며 네오나치 범죄

를 막기 위한 센터를 세우기도 했다.

충격적인 점이 더 있다. 이 사건은 2005년부터 2011년까지 '되너 살인'이라고 불렸다. 하지만 피해자 열 명 중 실제로 되너 가게와 관련된 사람은 두 사람뿐이었다. 나머지는 자물쇠 제조공, 수선공으로 일하는 노동자와 꽃집이나 과일가게를 운영하는 소상공인이었다. 2011년에 '되너 살인'은 매년 독일의 언어 전문가 심사위원 집단이 선정하는 '올해의 나쁜 단어(Unwort des Jahres)'로 뽑혔다. 심사위원은 인종에 대한 고정관념으로 피해자를 재단하고, 사건의 중함을 담지 못한 부적절한 단어라고 선정 이유를 밝혔다. 이미 세계 전역에는 '되너 살인' 혹은 '케밥 살인'이라는 단어가 퍼진 지 오래였다.

"한 번도 튀르키예인에 대해 좋게 말하는 독일인을 본 적이 없어."

독일인 지인이 말한 적이 있다. 생각해보면 나도 본 적이 없었다. 그래서인지 나는 본능적으로 튀르키예 음식을 입에 올렸다. 프랑스, 영국, 스페인이 아닌 튀르키예였다.

나는 히나판네를 생각하고, 되너를 떠올린다. 이날은 내가 참교육이 아닌 인종차별을 한 날이었다. 나는 내가 만난 새로운 인종차별의 얼굴이었다.

마기(Maggi) 사의
1988년도 히나판네소스 광고

Maggi

최근 독일에서 인기를 끈 인스타그램 릴스가 있다. 인스턴트 전문 회사인 마기사의 1988년 히나판네소스 광고였다. 45초짜리 광고 영상은 젓가락과 함께 놓여 있는 소스 패키지를 비추며 시작된다. 새로울 신(新)자가 회전하면서 새로운 맛이라고 홍보한다. 다음 장면은 가족의 평화로운 식사 자리인데 포크로 히나판네를 한입 먹은 여자의 얼굴이 동양인처럼(테이프로 쌍꺼풀을 없애고 눈썹을 두껍게 그림) 바뀐다. 남자는 바뀐 여자를 보고 웃으면서 따라서 맛을 본다. 남자도 동양인처럼(쌍꺼풀을 없애고 바가지 머리로 바뀜) 변한다. 다른 여자는 파마머리가 긴 생머리가 되고 역시 쌍꺼풀이 사라진다.

1988년은 이봉원, 장두석의 '시커먼스' 음반이 발매된 해다. 그들을 비난하고 싶지는 않다. 그저 야만의 시대였을 뿐이다. 어쨌든 이 끝내주는 광고를 보고 싶다면 유튜브에 'Chinapfanne Werbung'을 검색하면 된다.

요나스의 아들, 일리아스

    요나스의 아들인 일리아스는 나보다 한 살 어리다. 대충 봤을 때는 못해도 삼십대 중후반 정도나 되지 않았을까 넘겨짚었는데 자세히 보니 피부가 보송보송해 제 나이인 스물일곱 살다웠다. 퉁명스러운 표정과 금발, 엉덩이에 걸쳐 입은 통이 넓은 검정 카고바지, 독일 록밴드 후드티……. 그는 동베를린 지역 대중교통에서 한 번쯤은 마주쳤을 만한 청년이었다. 에스반역을 어슬렁거리면서 무리지어 앉아 폼을 잡는 모습이 눈에 선했다. 동시에 그는 꽤나 '니하오상'이었다. 니하오상이 뭐냐면 트램에 같이 타면 본능적으로 '저 사람 곧 니하오라고 인사할 느낌인데?'라는 생각이 드는 얼굴을 말한다.

일리아스는 언제나 구부정한 자세로 건들거렸다. 가끔 보면 다리를 저는 건지, 아니면 그냥 이상하게 걷는 건지 헷갈렸다. 길에서는 뜬금없이 자기 가슴을 주먹으로 퉁퉁 치거나, 시비 걸듯 지나가는 사람의 얼굴을 하나하나 쳐다보기도 했다. 대체 왜 그러냐고 물으면 그는 "저 자식이 먼저 날 쳐다보잖아"라며 억울해했다. 나도 같은 사람을 봤지만 분명 그 사람은 일리아스를 쳐다보지 않았다. 일리아스는 허세 부리는 중학생처럼 굴었다.

우리가 처음 만난 날 그는 몸을 복어처럼 부풀리고 어슬렁어슬렁 걸어와서 나에게 주먹을 내밀었다. 악수를 기대한 나는 손을 내밀어 그의 주먹을 잡고 무작정 흔들었다. 악수와 피스트범프가 뒤섞인 첫인사는 고통스러울 정도로 어색했다. 독일어가 익숙하지 않은 나는 냅다 준비한 인사를 쏟아냈다.

"안녕하세요. 저는 성진 전입니다. 저는 남한에서 왔습니다. 요나스에게 당신에 대해 많이 들었어요."

"반가워. 나는 일리아스야. (쓰읍) 나도 너에 대해 많이 들었어. (쓰읍)"

일리아스는 아주 낮은 목소리로 알아듣기 힘들게 발음을 흘려 말했다. 자기가 생각하는 가장 남성적인 목소리를 골라서 말하는 듯했다. 특히 말하는 중에 입에 고인 침을 '쓰읍' 하고 삼키는 습관은 정말이지 거슬렸다.

"너 북한 가본 적 있어? 그랬으면 웃겼을 텐데."

일리아스는 그다지 사회성이 좋은 편이 아니었다. 그는 아시아인에 대한 편견으로 대화 주제를 이어가고는 했다. 그럴 때면 나는 "닥쳐"라고 말하며 일리아스의 어깨를 주먹으로 한 대씩 쳤다. 나중엔 이게 우리 둘의 사소한 놀이가 되기도 했다. 하루는 한국식 바비큐 얘기를 하는데 일리아스가 나에게 뜬금없이 말했다.

"숭진, 한국인은 개고기 먹는다며? 너 개고기 먹어본 적 있어?"

사실 나는 어릴 때 할머니에게 속아서 개고기를 한 번 먹은 적이 있다.

"아니? 한국인이 다 개고기 먹는 거 아니거든?"

편견에 저항하기 위한 정당한 거짓말이었다.

"마트 가면 개고기도 팔아?"

"전혀 안 그래. 노인이나 중년 세대만 암암리에 거래해서 먹어. 한국 사람도 대부분이 개고기 문화를 좋아하지 않아. 흔한 고기가 아니라고."

"신기하네."

"신기하긴 뭘 신기해. 너네는 토끼 가죽만 벗겨서 마트에 진열하고 사 먹잖아. 그게 신기하지."

나는 마트에 진열된 토끼처럼 팔과 다리를 길게 뻗어 보였다. 실제로 명절 시즌이 되면 토끼고기가 마트 냉장고에 진열되곤 한다. 말 그대로 우리가 아는 토끼가 머리가 잘린 채 가죽만 벗겨져 있는데 처음 그 모습을 봤을 때 나는 작게 비명을 질렀다. 토끼고기를 본 이상 더 이상 개고기에 대한 헛소리를 참아줄 수 없었다. 최소한 우리는 대형 마트에서 개고기를 팔지는 않는다고. 일리아스는 호오, 하는 이상한 리액션을 하고 생각하더니 "네 말이 맞네"라고 말했다. 일리아스는 투박하고 철이 없었지만 동시에 투명하고 솔직했다.

일리아스는 아우스빌둥(Ausbildung) 중이었다. 아우스빌둥은 독일식 직업학교로 고등교육 이후 직업에 대한 교육과 실습을 동시에 제공하는 교육 시스템이다. 일리아스는 독일의 대형마트인 리들(Lidl)에서 판매원으로 아우스빌둥을 했는데, 주 5일 중 사흘은 학교에 가서 판매원 직업에 대한 이론을 배우고, 나머지 이틀은 현장에서 실습했다. 3년 과정 중 2년을 마친 그는 언제 한번 자신이 일하는 리들에 놀러 오라며 으스댔다.

일리아스의 여자친구 니키는 스무 살이었다. 니키도 동

116

베를린에서 태어난 토박이인데 눈빛이 초롱초롱하고 표정이 다부졌다. 나는 그의 눈빛 너머에서 아주 단단한 카리스마를 느낄 수 있었다.

"일곱 살 차이네."

"동독에선 흔해. 남자가 나이 많은 경우가 많거든."

"니키도 나처럼 동베를린 출신이라 하나도 이상하지 않아."

"응. 완전히 평범한 경우야."

세 사람이 정색하니 뭔가 머쓱해서 한국도 그런 경우가 꽤 있다고만 답했다. 둘은 2년 정도 만났다고 했다. 니키는 나나 요나스를 보면 항상 방긋방긋 웃으면서 말했지만 일리아스를 볼 때는 대부분 엄격한 표정을 지었다. 아이를 혼내는 부모 같은 표정이었다. 일리아스도 니키가 조금이라도 기분이 상하면 건들거리는 자세를 고쳐 앉았다. 우연히 니키가 화가 났을 때 애교를 떠는 일리아스를 본 적이 있는데 진정 놀라웠다. 요나스는 종종 그런 니키를 보면 "남자는 자기 여자 앞에서는 어쩔 수 없이 아이야"라면서 껄껄 웃었다. 일리아스도 여자친구에게 잡혀 사는 자신의 역할에 꽤 만족하는 듯했다. 베를린에서 자꾸만 한국의 정서가 느껴졌다.

일리아스는 내가 아는 사람 중에 가장 편식이 심했다. 물을 마시지 않는다는 말을 들었을 때 나는 장난인 줄 알고 깔깔 웃다가 무표정한 일리아스를 보고 진심이라는 걸 알았다.

"그럼 뭘 마셔?"

"커피, 주스, 콜라 그리고 맥주."

"물을 전혀 안 마신다는 말이지? 한 방울도?"

"응."

"왜?"

"아무 맛도 나지 않아서 이상해. 구역질 난다고."

"세상에나, 맛있는 물이 얼마나 맛있는데…… 쯧쯧쯧."

탄산음료나 주스를 마시지 않는 물 애호가인 나는 속이 상할 지경이었다.

일리아스는 과일이나 채소도 먹지 않았다. 아니, 따지고 보면 과일은 먹긴 먹었다. 내가 일리아스에게 "넌 과일도 안 먹잖아"라고 말하면 그는 항상 발끈했다.

"포도랑 파인애플도 먹고, 과일 주스도 마시거든?"

"파인애플은 통조림이고 포도는 건포도잖아. 장난해?"

"과일은 과일이지."

"그래. 네가 과일이라면 과일이지."

나는 장난스럽게 비아냥거렸다.

요나스는 자주 토스트 하와이를 준비했다. 일리아스가 좋아하는 메뉴기도 했고, 건강식이라는 이유에서였다. 식빵, 햄, 통조림 파인애플, 슬라이스 체다치즈만 있으면 만들 수 있는 아주 간단한 요리다. 물론 건강식은 전혀 아니지만.

토스트 하와이는 1955년 서독의 유명 TV쇼에 출연한 요리사 클레멘스 빌멘로드(Clemens Wilmenrod)가 개발한 요리였다. 서독에 주둔했던 미군의 영향을 받은 레시피라는 추측이 일반적이다. 당시에 토스트 하와이는 세련되고 현대적인 음식이었다. 전통적인 독일식 발효빵이나 소시지, 감자 요리가 아니라 식빵과 통조림 파인애플(레시피에 따라 통조림 체리가 더해지기도 했다)로 만든 이국적인 요리였기 때문이다. 1970년대까지 서독 지역의 일상적인 가정식이었으며 1980년대 들어서는 술집이나 볼링장에서 팔기도 했다. 이리도 힙했던 메뉴가 시간이 흘러 이제는 추억의 요리가 되었다.

거실에서 "안녕, 일리아스!"로 시작하는 통화 소리가 들리면 얼마 가지 않아 요나스가 문을 두드린다.

"숭진, 곧 일리아스가 올 거야. 토스트 하와이 하려고 하는데 너도 먹을래?"

나는 토스트 하와이를 거절해본 적이 없다.

토스트를 만드는 요나스를 구경하기 위해 주방에 가면 토스트용 식빵이 오븐 트레이 위에 가지런히 펼쳐져 있다. 요나스는 식빵 사이즈에 딱 맞는 동그란 햄을 차례차례 올린다. 햄 위에는 약속이라도 한 것처럼 크기가 딱 맞는 통조림 링 파인애플을 잘 맞춰 놓는다. 링이 아닌 조각 파인애플은 안된다. 당도도 다를 뿐만 아니라 토스트 하와이의 특유의 모양이 나오지 않아 아쉽다. 다른 옵션은 없다. 미안하지만 오직 링 파인애플이어야 한다. 모든 재료가 식빵 중앙에 안착했으면 살포시 슬라이스 체다치즈를 덮는다. 원한다면 값비싼 치즈를 올려도 되지만 추천하고 싶지 않다. 하와이 토스트는 호화로운 재료보다는 저렴하면서도 익숙한 맛이 더 잘 어울린다. 자, 이제 준비한 토스트를 오븐에 넣고 데우면 된다. 치즈가 녹아서 링 파인애플의 실루엣이 드러나면 완성이다.

아랫입술에 닿는 토스트는 바삭하고 윗입술에 닿는 체다치즈는 살짝 끈적하면서 촉촉하다. 부드럽게 잘리는 파인애플은 뜨겁지 않을 정도로 따뜻하고 통통한 햄을 씹는 맛이 경쾌하다. '반(反)하와이 피자파'에게는 어떨지 모르겠지만 뜨거운 과일을 별로 좋아하지 않는 나도 좋아하는 걸 보면 한 번쯤은 도전해볼 맛이겠다.

마침내 도착한 일리아스는 고개를 까딱이며 인사를 한다. 나는 요나스처럼 입술을 모으고 "푸우" 소리를 낸 다음 일리아스를 냅다 안는다. 허세 부리던 일리아스가 웃음을 터트린다. 요나스도 따라 나와서 일리아스를 반긴 후 같이 주방으로 향한다. 식탁에 세 개의 토스트 하와이가 놓였다. 나는 평소처럼 정수 필터로 거른 물을 마시고, 요나스는 사과주스를 마신다. 요나스는 일리아스의 잔에 과일 믹스 주스를 잔뜩 따르며 말한다.

"오늘은 아주 건강한 메뉴야. 비타민으로 가득 찼다고."

비타민 듬뿍 토스트 하와이

재료

- 토스트용 식빵 1장
- 식빵 크기에 맞는 햄 1장
- 통조림 링 파인애플 1개
- 슬라이스 체다치즈 1장

만드는 법

01 토스트용 식빵을 하나 꺼내
서 오븐 트레이 위에 올린다.

02 식빵 위에 햄을 올린다.

03 햄 크기에 맞춰서 링 파인애
플을 올린다.

04 파인애플 위에 체다치즈를 올
린다.

05 오븐에 넣고 180도로 약 2분
정도 데운다. 2분이 되지 않
았더라도 체다치즈가 녹아서
파인애플의 형태가 드러나면
꺼낸다.

06 비타민보다 설탕이 많은 과일
주스에 곁들여 먹는다.

같지만 다른

나는 무남독녀 외동딸이다. 정확하게는 배가 다른 동생
이 있지만 살면서 딱 한 번 만났다.

기억은 이렇다. 초등학교 4학년 때 나는 엄마와 차를 타
고 어디론가 가고 있었다. 당시 엄마는 이혼한 아빠와 다시
만나고 있었다. 엄마는 아빠를 만나러 간다고 했고 주차장
처럼 보이는 곳에 차를 세웠다. 뒷좌석에 앉으라는 엄마의
말에 나는 순순히 자리를 옮겼다. 조금 기다리니 문이 열렸
다. 웬 새하얀 남자아이가 옆자리에 앉았다. 말을 걸까 말까
잠깐 고민하다가 말했다.

"안녕"

남자아이는 쑥스러운지 고개를 까딱해 보였다.

"너 이름이 뭐야?"

"전현진."

"우와. 내 이름이랑 비슷하네! 나는 전성진인데."

이내 엄마와 아빠가 차에 탔고 우리는 식당으로 가서 밥을 먹고 헤어졌다. 엄마에게 남자아이와 내 이름이 한 글자만 달랐다고 하니 엄마는 그 아이가 내 이복동생이라고 했다. 뭐가 됐든 동생을 갖고 싶었기에 나는 좋다고 생각했다. 안타깝지만 이후에 동생을 만난 적은 없다. 그러므로 편의상 외동딸이라고 쓰겠다.

외국에 나온 외동딸의 일상에는 죄책감이 잔잔하게 깔려있다. 베를린에 온 첫해는 터를 잡는 일 말고는 여력이 없어서 몰랐다. 요나스의 집에 이사를 오고 직장에서 자리를 잡은 지 2년 차가 되니 발아래에서 죄책감이 울렁였다. 신기한 일이었다. 내 상황이 좋아질수록 죄책감은 다리에서 무릎쯤으로, 무릎에서 허리쯤으로 차올랐다.

구름 한 점 없는 여름날 슈프레(Spree)강을 가로지르는 널찍한 다리를 자전거를 타고 싱싱 달린 날이었다. 습하지 않은 베를린의 여름 바람을 맞으며 나는 완전히 새로운 감각을 느꼈다. 가슴 깊숙한 곳에서 차오르는 만족감이자, 내안에서 꺼진 적 없던 불안이란 잡음을 덮는 뭉근한 감각이었다. 그날 나는 처음으로 베를린에 사는 나를 상상했다.

같은 날 밤에 나는 처음으로 소리를 지르며 잠에서 깼다. 엄마가 아픈 꿈을 꿨기 때문이다. 잠에 드는 일이 두렵기 시작했다. 가까스로 잠들어도 울면서 깨기 일쑤였다. 당시 나는 베를린에 머무를지 말지 정하지 않은 상태였는데 자꾸만 인터넷에 '엄마와 함께 이민하는 방법', '오십대에 영주권 따는 법' 같은 걸 알아봤다. 현실적으로 불가능하다는 답이 돌아오면 나는 한국 취업사이트를 둘러봤다. 베를린에 대한 애정이 커지는 만큼 죄책감도 몸집을 불렸다.

가끔 울다가 깨서 엄마에게 영상 통화를 걸면 엄마는 시큰둥한 표정을 지었다.

"뭘 그래. 어차피 엄마는 외로움을 모르니까 아무런 걱정을 하지 마."

엄마는 사랑을 주지 않는 할머니와 별로 우애롭지 못한 남매 사이에서 일찍이 혼자 사는 법을 배웠다. 내가 어릴 적부터 엄마는 외로움이 뭔지 모르겠다는 말을 자주 했다. 왜 사람이 외로움을 느끼는지 궁금하다고도 했다. 나는 외로움을 아는 사람이었기에 엄마의 말을 믿기가 힘들었다. 죄책감을 덜기 위해 엄마의 말이 사실이길 바랐지만, 외로움을 모르는 엄마를 떠올리면 차라리 거짓말인 편이 낫겠다고 생각하기도 했다.

엄마와 요나스는 의외로 공통점이 많았다. 큰 틀에서 평행이론에 끼워 맞출 수도 있을 정도였다. 둘은 동갑이고, 어린 나이에 결혼했다가 이혼했다. 외동인 자녀가 있고 상대의 재혼으로 자녀에게는 동생이 생겼다. 파트너 없이 내내 혼자인 부분도 비슷했다. 그 때문인지 나는 종종 요나스에게 엄마에 대한 고민을 털어놓곤 했다. 물론 몇 마디 오가면 괜한 소리를 한 걸 후회했지만 말이다.

"요나스, 엄마를 혼자 두고 베를린으로 와서 나는 좀 슬퍼."

"왜? 엄마가 네가 보고 싶대?"

"아니, 그건 아닌데…… 엄마는 나밖에 없잖아."

"근데 친구가 있잖아."

"우리 엄마는 친구가 별로 없어."

"에이. 친구 없는 사람이 어딨어. 친구는 삶에서 가장 중요한 요소라고."

요나스는 천진난만하게 말했다. 나는 항상 이쯤에서 말을 꺼낸 걸 후회했다. 요나스 특유의 긍정 마인드가 펼쳐지면 급격히 피곤해졌다. 나는 요나스를 이해시키기 위해 다시 질문을 던졌다.

"그럼 너는 일리아스가 먼 외국에서 산다고 하면 어떨 것 같아?"

요나스는 잠시 입술을 오므리고 생각에 빠졌다. 요나스의 콧수염에 아침에 먹은 카페라테 우유 방울이 눌어붙어 있었다.

"음…… 괜찮은데?"

"그래? 외롭지 않을까? 유일한 아들인데."

"친구들이 있는데 뭐가 외로워."

"아들을 보고 싶어도 당장 볼 수 없으면 슬프지 않겠어?"

"기다렸다가 만나면 되지."

거침없는 요나스의 답에 나는 결국 짜증을 냈다.

"아니, 요나스, 봐봐. 우리 엄마가 나 없이 혼자 늙어가면 얼마나 속상하겠냐고."

"왜 엄마가 혼자 늙어. 친구들이 있는데."

"오케이."

나는 더 듣기가 싫어서 손을 흔들면서 알았다고 대화를 끝냈다. 카페라테가 눌어붙은 수염 하나를 세게 잡아 뽑아버리고 싶었다. 가끔 가족에 대해 요나스와 얘기할 때면 대화가 조각이 맞지 않는 퍼즐처럼 흘렀다. 잘 되어가고 있다고 생각하며 퍼즐을 맞추다 보면 조각이 모자라고 그것도 모자라 다른 퍼즐의 조각이 섞여 들어와 있는 느낌이었다.

일리아스가 니키와 헤어져 집에서 쫓겨난 적이 있었다. 일리아스는 요나스와 나에게 집을 구할 동안만 신세를 져도 되겠는지 물었다. 어차피 나는 매일 일을 하고 밤늦게 들어와 잠만 잤기 때문에 전혀 문제 없었다. 요나스는 일단 허락했지만 내내 못마땅한 표정이었다. 요나스는 일리아스가 집에 들어온 첫 주부터 계속 일리아스가 집을 구하고 있는지 확인했다. 옆에서 보는 나는 조금 너무하다는 생각이 들었다.

"요나스. 근데 나는 정말 일리아스랑 같이 지내도 좋아. 두 달 정도는 아무런 문제 없어"

"숭진, 내가 문제가 있어. 일리아스는 스스로 일어서야 한다고."

그러던 어느 날 큰 소리에 새벽에 잠에서 깼다. 정신을 차리고 들어보니 두 사람이 집에서 머무는 일로 싸우고 있었다. 일리아스가 크게 소리를 질렀다.

"아직 한 달도 안 됐는데 내가 어떻게 집을 찾냐고. 한 달만 시간을 달라니까?"

"일리아스. 몇 주든 한 달이든 상관없어. 나는 너한테 집을 구했냐고 물어볼 권리가 있어"

"어제도 못 구했다고 말했잖아. 여긴 베를린이야. 집 구하기가 개같이 어렵다고!"

소리 지르는 일리아스의 목소리와 동시에 '쿵' 하고 뭔가 떨어지는 소리가 났다. 나는 왜인지 바닥으로 쓰러지는 요나스를 상상하며 놀라 2층 침대에서 내려왔다.

거실문을 여니 일리아스가 온몸이 시뻘게져서는 얼굴을 감싸고 소파에 앉아 있었다. 서둘러서 요나스 쪽을 보니 요나스는 그런 일리아스를 가만히 보고 있었다. 나는 머쓱하게 두 사람에게 물었다.

"다들 괜찮아?"

"괜찮아 보여?"

일리아스는 얼굴을 감싸고 울고 있었다. 반면에 요나스 얼굴은 그저 평화로울 뿐이었다.

"숭진, 놀랐어? 일리아스가 벽을 주먹으로 쳤어. 그런데 아무 일도 아니니까 걱정하지 마."

"지금도 나보다 숭진이 더 중요하지?"

요나스는 일리아스에게 덤비듯 위협적으로 다가섰다. 나는 어찌할 바를 몰랐다. 한국이었다면 그만하라며 적극적으로 말렸겠지만, 독일에서는 딱히 제삼자로서 싸움을 맞닥뜨린 적이 없었다. 여기서는 보통 어떤 방식으로 중재하는지 몰랐다. 특히 집안싸움에 나서는 일은 왠지 민망하게 느껴지기도 했다.

일리아스는 가슴을 잔뜩 당기고 고개만 내민 채로 요나스에게 몸을 붙이고 씩씩거렸다. 솔직히 이 장면을 어떻게 설명해야 할지 지금도 확신이 서지 않지만 쉽게 말하면 종합격투기 시합 때 기선을 제압하는 운동선수 같은 포즈였다. 본능적으로 내 몸이 튀어 나갔다. 나는 일리아스를 가로막으면서 요나스에게서 떨어트렸다.

"그만해, 그만. 일리아스 그만해!"

한국어로 '네가 참아, 일리아스, 네가 참아'를 말하고 싶었지만 독일어로 알지 못해서 나는 일리아스의 가슴팍을 손으로 통통 치면서 그를 달랬다. 순간 일리아스의 표정에 어리둥절함이 스쳤다. 요나스도 나를 쳐다봤다. 독일에선 이런 식으로 싸움을 말리지 않는 걸까? 멈추기엔 어차피 늦었기에 내 멋대로 두 사람을 갈라놓고 일리아스를 주방으로 끌고 갔다. 일리아스는 계속 씩씩거렸지만 좀 머쓱해 보이기도 했다. 나는 일리아스를 두고 요나스에게 갔다.

"요나스, 오늘은 늦었으니까 이만 자자."

"숭진, 깨워서 미안해."

"괜찮아."

"독일에서는 성인이 되면 스스로 자립해서 살아야 해."

"그래?"

"날 줄 모르는 아기 새를 상상해봐. 새를 낭떠러지에서 밀지 않으면 아무런 일도 벌어지지 않아. 스스로 배우게 하기 위해선 새를 밀어야 한다고."

"그것도 그렇네."

요나스는 말을 마치고 자신의 침실로 들어갔다. 나는 다시 주방으로 돌아가서 일리아스 앞에 앉았다. 일리아스는 여전히 온몸이 빨갛게 달아올라 있었다. 나는 마주 앉아서 한참 아무 말도 하지 않았다. 나는 냉장고를 잠시 뒤졌다. 일리아스가 낮에 사 온 맥주가 한 병 남아 있었다. 맥주병을 흔들며 일리아스에게 고갯짓하니 그도 고개를 끄덕거렸다. 나는 냉장고에 남아 있던 김빠진 리모나데(Limonade)도 같이 꺼냈다.

리모나데는 직역하면 레몬에이드란 뜻이다. 일반적인 레몬에이드는 레몬즙을 탄산수에 섞은 음료를 말하지만 독일에서는 의미가 좀더 크다. 독일의 리모나데는 과일의 향이나 맛이 들어간 탄산음료를 모두 어우르는 단어다. 줄여서 리모(Limo)라고도 많이 부르는데 레몬맛, 오렌지맛, 베리맛, 포도맛 등 다양한 종류의 리모가 있다.

나는 맥주잔 두 개를 꺼내 레몬맛 리모와 맥주를 반반씩 탔다. 독일의 전통 음료인 라들러(Radler)를 만들기 위함이었다. 라들러는 맥주에다가 레몬주스나 레몬에이드를 섞어 만드는 맥주칵테일이다. 라들러의 유래에 대해서는 많은 주장이 있지만 독일 맥주 연구소(German Beer Institute)에 기록된 바이에른의 한 주점 이야기가 대표적이다. 1922년에 바이에른주의 오버하잉(Oberhaching)에서 레스토랑을 운영하던 프란츠 사버 쿠겔러(Franz Xaver Kugler)는 약 1만 3,000명에 달하는 자전거 여행객을 위한 맥주를 고심하다가 1리터를 마시고도 자전거에서 떨어지지 않을 정도로 순한 맥주칵테일 라들러마스(Radlermass)를 발명했다고 한다. 여기서 마스(Mass)는 바이에른 지역에서 1리터짜리 맥주를 칭하는 용어다. '라들러'란 이름이 자전거를 타는 사람을 의미하기도 하니 꽤 그럴듯한 이야기지만 18세기에 이미 영국에서 비슷한 맥주칵테일 샹디(Shandy)가 기록된 적이 있어 정확한 유래라고 하기엔 무리가 있다. 독일 북부에서는 라들러를 알스터(Alster)라고 부르기도 한다.

유래만큼이나 레시피도 다양하다. 맥주와 레몬맛 리모를 반반 섞는 곳도 있고, 3 대 2로 섞는 곳도 있다. 어떤 곳은 4 대 1로 섞기도 한다. 실제로 라들러를 술집에서 주문하면 절대로 계량해서 만들지 않는다. 잡히는 대로, 음료가 남아 있는 대로 대충대충 만든다. 스프라이트로 라들러를 만드는 곳도 흔하다.

라들러는 일반적인 맥주와 다르게 시판 제품이 더 맛있다. 집이든 레스토랑이든 1.5리터짜리 페트병 속 음료를 섞기 때문에 탄산이 일정하지 않다. 김이 빠지면 라들러 특유의 청량감이 사라진다. 요나스와 나는 단연 괴서(Gösser) 라들러를 가장 좋아했다. 독일에서 라들러를 먹을 기회가 있다면 마트에서 꼭 괴서를 사 마셔보길 추천한다.

나는 일리아스에게 라들러를 건넸다. 일리아스는 말없이 잔을 받아 들었다. 우린 건배를 하고 꾸울꺽꾸울꺽 라들러를 마셨다. 라들러는 왠지 꿀꺽보다 꾸울꺽이 더 잘 어울리는 음료다. 도수가 낮고 은은하게 달큰한 맛이 있어서 그렇다. 여름에는 라들러가 생맥주만큼이나 인기 있다.

"내가 중간에서 둘을 막은 거 좀 웃기지 않았어?"

내가 먼저 말을 꺼내자 일리아스도 어이없어하며 말했다.

"나는 네가 미친 줄 알았어."

"한국에선 다들 그렇게 싸움을 말린다고. 난 최선을 다했어."

일리아스는 결국 웃음을 터트렸다.

"누가 벽을 주먹으로 쳐? 너 바보 아냐?"

"열 받잖아!"

"벽은 당연히 너보다 강해. 아프지?"

"안 아파."

"거짓말쟁이."

일리아스가 나를 째려봤다.

"나는 요나스를 이해할 수 없어. 내가 집을 계속 찾고 있는데도 왜 자꾸 집을 찾으라고 말하는 거야? 나는 미쳐버릴 지경이라고."

일리아스는 다시 얼굴을 붉혔다. 나는 뭐라 말을 할 수가 없었다.

"근데 한국이랑 독일이랑 문화가 너무 달라서 뭐라 말 못 하겠어."

"그럼 그냥 말을 하지 마."

"개새끼."

예민한 일리아스가 왠지 웃겨서 나는 웃으면서 욕을 하고 중지를 들어 보였다. 일리아스는 어처구니없다는 표정을 짓다 이내 웃으며 중지를 들었다. 나는 일리아스의 주먹을 확인했다. 손등이 까져 있었지만 심하진 않았다. 나는 고개를 절레절레하며 혀를 찼다. 그리고 오른손을 핀 상태에

서 이마 앞으로 가져간 뒤 좌우로 흔들었다. '머리가 회까닥
했냐?'는 독일식 제스처다. 일리아스는 말없이 라들러만 꾸
울꺽꾸울꺽 마셨다. 둘 다 라들러 잔을 비우고 일리아스는
거실의 소파로, 나는 내 방의 2층 침대로 향했다. 말없이 손
만 들어 보이며 서로의 좋은 밤을 빌었다.

독일 여름의 맛, 라들러

재료

· 맥주 적당량
· 레모네이드 적당량

만드는 법

01 맥주를 원하는 만큼 잔에 따른다. 레모네이드와 반반 비율이 일반적이지만 원하는 맛에 따라 얼마든지 조절이 가능하다.

02 01에 레모네이드를 따른다. 맥주 거품이 풍성한 라들러를 먹고 싶다면 레모네이드를 먼저 넣고 맥주를 넣으면 된다.

03 라들러를 만들고 남은 맥주나 레모네이드는 보관하기보단 입에 털어 넣어 깔끔하게 비워준다.

불행 배틀

양심 고백을 하겠다. 이 책에 쓴 나의 발화는 모두 가짜다. 실제로는 이렇다.

"요나스, 딸기 안 좋아. 고장 난 딸기. 이 딸기는 아주 나쁘다. 먹지 마. 안 돼?" –〈비위를 찾아서〉중

"누가 이거(주먹을 가리키며) 이거를 이렇게(벽을 치는 시늉) 해요? 너 바보?" –〈같지만 다른〉중

"아니야, 일리아스. 오래된 한국 사람, 오케이. 개고기 먹어. 새로운 한국 사람? 안 먹어. 오래된 시대만 먹어. 보통 사람? 안 먹어. 오케이?" –〈요나스의 아들, 일리아스〉중

"일리아스. 웃어? 엿 먹어. 독일 사람은 마트 안에 토끼고기 있습니다. 한국 마트에는 개고기 없다. 토끼고기? 한

국 사람 안 좋아해. 독일 사람 좋아해. 뭐가 나빠? 말해봐.”
– 〈요나스의 아들, 일리아스〉 중

"요나스, 봐봐. 우리 엄마는 늙는다. 슬프다. 왜냐면 혼자
입니다. 혼자 슬퍼요." – 〈같지만 다른〉 중

당시에 내 독일어 레벨은 A2였기 때문에 현재형으로만
말할 수 있었고 아는 단어가 많지 않았다. 언어는 원래 불완
전하다지만 우리 사이의 언어는 심하게 불완전했다.

그러니 일리아스가 아침식사칼(Frühstücksmesser)로 새아
빠의 가슴을 찌른 적이 있다고 말했을 때 나는 내 독일어 실
력을 먼저 의심했다. 일리아스와 나는 어제의 거사(요나스
와 일리아스의 싸움)를 뒤로 하고 단둘이 아침 식사를 하는
중이었다.

"그래. 숭진. 내가 그를 찔렀다고. 이렇게.”

일리아스는 자신의 아침식사칼을 들고 자신의 팔뚝과 가
슴 사이에 꽂는 시늉을 했다.

"비유적으로?”

당당한 표정으로 일리아스는 고개를 저었다.

"경찰은 안 왔어?”

"엄마가 부르지 말라고 했어. 그 개자식은 부르자고 했
지만 엄마가 말렸지.”

"왜?"

"내가 감옥 갈 수도 있으니까. 그리고 상처도 깊지 않았어. 피가 좀 난 정도?"

나는 내 손에 들려 있는 아침식사칼을 내려다봤다. 앞코가 뭉툭했다.

"왜 찔렀어?"

"열 받게 하잖아."

지난밤 요나스와 싸우다 벽을 주먹으로 친 일리아스가 떠올랐다.

"몇 살 때?"

"열여섯 살 때."

안 그래도 며칠 전에 요나스와 둘이 일리아스 얘기를 한 적이 있었다. 요나스는 지친 표정으로 일리아스의 십대 시절을 회상하며 힘든 시기였다고 말했다.

"내가 이혼하고 일리아스가 많이 방황했지. 학교 다닐 때 노이쾰른 갱에 가입하기도 했어. 학교도 안 가고 아지(Assi, Asocial의 준말로 반사회적인 인물을 말함)처럼 동네를 돌아다녔어."

"아, 싸움을 하고 다닌 거야?"

"아니, 그 정도로 나쁜 짓은 안 했는데 마약을 팔았어."

141

싸움보다 마약을 파는 일이 덜 나쁘다고 생각하는 요나스가 신기했다.

"그래?"

"꽤 오래 팔았지. 거의 10년 가까이?"

일리아스는 작년에야 마약 딜러 일을 정리하고 아우스빌둥을 시작했다. 전에는 툭하면 몇 개월씩 잠수를 타 걱정을 끼쳤었는데 이제야 정신을 차려서 다행이라고 말하는 요나스의 안색이 어두웠다. 항상 밝은 요나스에게서 처음 보는 얼굴이었다.

요나스의 얼굴을 떠올리니 의기양양한 표정으로 칼부림 사건을 말하는 일리아스가 이루 말할 수 없이 꼴사나웠다. 1세계에서 태어나서 힘들면 얼마나 힘들다고 아직까지 비행 청소년티를 못 벗었는지, 냅다 주먹으로 꿀밤을 한 대 먹여주고 싶었다.

"요나스가 네가 십대 때 노이쾰른 갱이었다던데?"

"그랬었지."

어쩜 표정이 딱 일진 시절을 추억하는 한량 같다.

"숭진, 나는 몇 년 전까지 마약 딜러였어. 상상이나 가? 매일 아침 6시에 마트로 출근하는 내가 전에는 마약 딜러였다니까. 하하하."

"왜 그만뒀어?"

"푸우, 설명하기 어려운데……. 자. 독일은 직장이 없으면 사람 취급을 못 받아. 돈? 돈이야 많이 벌었지. 그렇지만 아무 소용이 없다고. 네가 집을 구한다고 해봐. 네가 충분한 돈이 있어도 아무도 너랑 계약을 하지 않아. 망할 월급증명서가 없기 때문이야. 건강보험은 어떻고. 한 달에 200유로나 된다고. 연금도 없어! 보험도 없어! 대체 뭐가 있는데 내가?"

일리아스가 점점 흥분하기 시작했다. 얼굴을 가까이 들이밀고 한숨에 와다다다 말을 쏟는데 입 냄새가 느껴질 정도로 가까웠다. 코를 막고 손으로 부채질하는 시늉을 하니 일리아스는 그제야 한 걸음 뒤로 갔다.

"알았어, 알았어. 우선 진정해"

"나는 직장이 없어서 거주지 등록도 못 해. 거주지 등록을 못 하면 편지를 못 받아. 편지를 못 받으면 은행계좌를 못 만들어. 뭔지 알겠어? 독일 법이 이렇게 거지 같아."

일리아스의 말이 맞다. 독일은 서류로 자신을 증명하는 나라다. 은행이든, 부동산이든, 관공서든 돈이 아무리 많아도 필요한 서류가 없으면 일이 진행되지 않는다.

"그럼 갱단에 있을 때는 뭐 했어?"

"나는 주로 그래피티를 맡았지."

"그래피티?"

"갱단은 자기 갱의 이름을 그래피티로 남기곤 하거든"

'가지가지 하네'라고 생각했지만 말하지 않았다.

"또 마약을 팔았지."

"너는 높은 직책이었어? 갱단에는 계급이 있잖아. 보스도 있고."

일리아스가 주먹을 불끈 쥐고 가슴을 퍽퍽 쳤다. 왜 저래.

"슝진. 웃긴 게 뭔 줄 알아?"

일리아스는 또 얼굴을 나에게 가까이 들이밀었다. 은은한 입 냄새…….

"노이쾰른 갱은 외국인이 아니면 높이 올라갈 수 없어. 내가 독일인이기 때문에 나는 잔심부름이나 했지. 외국인으로 태어날 걸 그랬어. 그랬다면 달랐겠지."

요약하면 갱에서 쭉정이였다는 말이다.

"그런 말 하지 마. 독일인으로 사는 게 훨씬 낫지."

"너는 모르잖아! 독일인이 세금을 왕창 내면 외국인이 다 지원금으로 받지."

일리아스는 요나스와 정치색이 달랐다. 일리아스는 난민 수용 정책에 반대했다. 국세를 외국인에게 탕진한다는 이유였다. 일리아스가 할 말은 아니었다. 일리아스는 고등학교

졸업 이후 한 번도 직업을 가진 적 없어 세금을 낸 적도 없었다. 오히려 세금은 내가 더 많이 냈다. 높은 세금으로 유명한 독일답게 월급에서 무려 39퍼센트나 떼어 갔다. 3.9퍼센트의 오타가 아니고 진짜로 39퍼센트다. 투덜거릴 사람이 있다면 일리아스가 아니라 나였다.

일리아스는 역사에 대해서도 요나스와 시선이 완전히 달랐다. 요나스가 나치에 대해 비난할 때면 일리아스는 한숨을 쉬면서 "그놈의 나치! 모든 일이 나치 탓이야?"라며 한탄했다. 전 세계에 수많은 전범국이 있는데 왜 독일만 책임을 지냐는 말이었다. 하여튼 일리아스는 확신의 아지였다.

삐딱한 일리아스의 태도는 같이 지내는 내내 속을 살살 긁었다. 특히 밑도 끝도 없이 불평불만을 늘어놓으며 징징거릴 때 그랬는데 하루는 참지 못하고 열불을 냈다.

"일리아스, 너는 최소한 1세계에 살고 있잖아. 네가 누리는 삶에 집중해봐."

당연히 일리아스는 발끈했다.

"내가 누리는 삶? 내가 어떤 삶을 누리는데? 네가 동베를린 사람의 삶을 알아?"

"나는 모르지!"

"통일 이후에 동베를린은 독일에게 완전히 버려졌어. 서

베를린이 우릴 먹어버렸다고.”

“우리나라는 아직도 갈라져 있거든? 그럼 너는 한국에서 레즈비언으로 사는 삶을 알아?”

“당연히 모르지. 그치만 너는 돈도 있지, 지낼 장소도 있지, 아이폰도 있지. 뭐가 문제야?”

이번에는 내가 발끈했다.

“돈? 나 돈 없는데? 빚밖에 없어! 학자금 대출 갚아야 한다고. 아이폰은 직장에서 줬거든?”

“봐! 너는 아이폰 줄 직장도 있잖아. 나는 없어. 베를린에서 태어난 사람은 네가 아니라 나야. 근데 누가 더 잘살고 있냐고. 너잖아.”

외국인 공격이 들어오니 열이 받았다. 대화는 점점 유치해지다 못해 불행 배틀이 되기에 이르렀다.

“너는 아이폰 대신 플레이스테이션이 있잖아.”

“플레이스테이션을 사려고 2년 동안이나 길바닥에서 돈을 모았어.”

“마약 팔면 돈 많이 번다며! 왜 2년이나 걸렸냐?”

“내가 왜 마약을 팔았겠냐? 평생 가난했으니까 팔았지.”

“나도 한국에서 가난했어. 정부 지원금 받으면서 살았거든?”

"네가 가난을 알아?"

"너보단 많이 알아."

"부모님이 이혼하고 내 삶이 어땠는 줄 알아?"

"일리아스. 우리 엄마랑 아빠도 이혼했어."

"우리 엄마는 개새끼랑 재혼까지 했다고."

"난 우리 엄마가 재혼을 좀 했으면 좋겠다."

"요나스를 봐. 요나스는 한 번도 강한 아빠인 적 없었어, 나약하고 보호받아야 하는 아빠였어."

"내 아빠는 엄마를 때렸거든?"

"네가 두 번이나 심장마비를 겪은 아빠를 곁에 둔 심정을 알아?"

치사한 놈. 심장마비를 끌고 오다니.

"나는 요나스가 두 번째 심장마비를 겪었을 때 정말 죽는다고 생각했다고. 내 눈앞에서 요나스가 죽는 줄 알았다고!"

두 손을 하늘을 향해 흔들며 흥분하는 일리아스를 보고 가자미눈을 떴다. 일리아스의 진심이 느껴져서 입을 다문 게 아니었다. 더는 하고 싶은 말을 독일어나 영어로 표현할 수 없었다. 불가피한 침묵이 길어지니 우리 사이에 흥분이 잦아들었다.

"독일어랑 영어를 더 잘했으면 할 말이 더 많았을 텐데 못하니까 여기까지만 하겠어. 네가 이겼다고 생각하지 마."

나는 실눈을 뜨고 검지를 좌우로 저으며 말했다. 휴전 선포였다.

"그럼 네가 독일어를 더 공부하지 그래?"

퉁명스럽지만 장난스럽게 일리아스가 맞받아쳤다.

"그보다 네가 한국어 공부를 하면 어때?"

"네가 알려주던가?"

"어휴. 절대로, 절대로 싫어."

두 손으로 크게 엑스 자를 만들어 일리아스에게 쓰고 방으로 쏙 들어왔다.

침대에 누워 불행 배틀을 떠올리니 부끄러움이 살랑살랑 밀려왔다. 누가 봐도 철부지인 일리아스를 이겨 먹겠다고 악을 쓴 나도 참 나다 싶었다. 가정폭력과 부모의 병을 가지고 엎치락뒤치락했다는 점도 참 꼴불견이었다.

'아무리 그래도 유럽 사는 1세계 백인에게 질 순 없어.'

하긴 그것도 그래. 생각의 끝에서 솔솔 잠이 왔다. 잠결에 고개를 끄덕이다가 비로소 완전히 잠에 빠졌다.

독일의 아침식사칼(Frühstücksmesser)

아침식사칼은 오스트리아, 스위스, 덴마크 등 독일 인근 유럽 지역에서 주로 쓰는 칼이다. 이름 그대로 아침 식사용, 특히 독일식 아침 식사를 위한 칼이다. 포크와 비슷한 길이의 아침 식사칼은 앞코가 뭉툭하고 주로 칼날에 톱니가 있다. 뭉툭한 앞코는 버터나 스프레드를 바르기 위함이고 톱니 칼날은 브로첸이나 토마토처럼 잘 부서지거나 물러지는 재료를 깔끔하게 자르기 위함이다. 칼날이 얇고 평평해 가볍고 다루기 쉽다. 1인당 한 개씩 쓸 수 있는 아침식사칼은 말 그대로 햄, 치즈, 과일 등 식탁 위에 올라온 모든 재료를 자를 수 있다. 실용성을 중요시하는 독일인과 잘 어울리는 칼이다. 독일에서 아침 식사 전문점이나 호텔에 가면 오른손에는 아침식사칼, 왼손에는 브로첸을 들고 있는 사람들을 쉽게 발견할 수 있다. WMF나 헹켈 같은 독일의 주방용품 브랜드에서 저렴한 가격에 판매한다.

너의 이름은?

~오시(Ossi)와 베시(Wessi)~

베를린에서 쭉 산 친구에게 주로 산 지역을 물으니 "판코우(Pankow), 나는 오시거든" 하면서 손가락으로 브이를 했다. 오시가 뭐냐고 물으니 동쪽을 뜻하는 오스트(Ost)에서 이름을 따 오시, 서쪽을 뜻하는 베스트(West)에서 이름을 따 베시라고 했다. 동독에서 온 사람, 서독에서 온 사람을 뜻하는 단어다.

"나도 리히텐베르크 사니까 오시네!"

친구는 웃으면서 아니라고 했다. 너는 남한에서 왔으니 굳이 따지면 쥬디(Süddi)라고 해야 한다고 하더니 사실 그렇게 말하는 사람은 아무도 없다고 덧붙였다.

"내가 너한테 오시라고 말해도 괜찮아?"

친구는 끄덕였다.

"그럼 모르는 사람에게 오시냐고 묻는 건?"

친구는 고개를 끄덕이려다가 멈칫하고 손바닥을 펼쳐서 흔들었다. 애매하다는 뜻이다.

"왜?"

"물어볼 수는 있어. 단어 자체는 문제가 없거든. 그렇지만 문맥에 따라 기분 나쁘게 받아드릴 수도 있어. 오시든, 베시든."

"그렇구나"

"아무래도 전형적인 오시나 베시의 이미지가 있어서 자길 판단한다고 생각할 수 있지."

"조심해야겠네."

"못할 말은 아니야. 너무 걱정하지 마."

나는 고개를 끄덕거렸다.

~오레니얼스(O-lennials)~

독일의 언론사인《슈피겔(Spiegel)》이 다룬 오레니얼스(O-lennials)에 대한 기사를 읽었다. 오레니얼스는 오스트(Ost)와 밀레니얼 세대를 뜻하는 밀레니얼스(Millennials)가

합쳐진 말이다. 오레니얼스는 베를린 장벽 붕괴 이후 통일
된 독일에서 나고 자란 첫 번째 세대다. 기사에 따르면 오레
니얼스는 분단 시절을 겪지 않았음에도 동독 출신의 정체성
을 내면화하고 있어 서독 밀레니엄 세대와 차이가 있다고
했다.

1990년에 태어난 일리아스는 오레니얼스다. 그는 맥
주는 베를리너 필스너(Berliner Pilsner), 와인은 로트캡셴
(Rotkäppchen)만 마셨다. 동독을 대표하는 주류였기 때문이
다. 하루는 뭣도 모르고 베를리너 킨들(Berliner Kindle) 맥주
를 사서 건넸더니 일리아스는 난감한 듯 얼굴을 찡그렸다.

"쓰읍, 다른 맥주 없어?"

"없어"

그는 어거지로 맥주를 한 입 마시더니 혀를 낼름거렸다.

"맛이 이상해. 으, 맥주 사러 나갔다 올게"

"일리아스, 여기 맥주 있잖아. 그냥 마셔"

"못 먹어. 이상한 맛이야"

기가 막힌 표정으로 집을 나서는 일리아스를 노려보니
요나스가 웃음을 터트렸다.

"베를리너 킨들은 서쪽의 맥주거든. 동쪽 사람은 주로
베를리너 필스너를 마셔"

"아니, 근데 못 먹을 맛은 아니잖아."

"글쎄, 나도 베를리너 킨들은 별로라……. 안 마셔 버릇해서 그런가?"

잠시 후 기어코 베를리너 필스너를 사 온 일리아스가 보란 듯이 꿀꺽꿀꺽 맥주를 들이켰다. 행동거지에 호들갑이 묻어 있었다.

"이게 맥주야. 숭진. 이게."

나는 의심스러운 표정으로 베를리너 킨들을 한 입, 베를리너 필스너를 한 입 마셨다. 맛은 달랐지만 못 먹을 정도로 차이가 있진 않았다. 나는 고개를 절레절레 저었다.

"그 정도는 아니야."

일리아스는 더 크게 고개를 저으면서 말했다.

"이게 동쪽의 맛이야."

~예거슈니첼(Jägerschnitzel)~

예거슈니첼의 예거(Jäger)는 사냥꾼을 의미하는데 옛날 사냥꾼이 산에서 멧돼지를 잡고 버섯을 캐 해 먹은 요리에서 유래한 이름이다. 역사가 깊은 예거슈니첼은 전쟁을 겪으며 두 가지 스타일의 메뉴로 변한다.

하나는 서독 지역에서 주로 먹는 송아지 혹은 돼지고기

등심으로 만든 슈니첼 메뉴로 예거슈니첼 원형에 가깝다.
버섯과 크림소스 혹은 감자 퓨레와 주로 같이 먹는다. 다른
하나는 동독 스타일로 슈니첼에 고기 대신 두툼하게 썬 야
그드부어스트(Jagdwurst)가 들어간다. 야그드부어스트는 돼
지고기(종종 소고기가 들어가기도 한다)를 다양한 크기로 손
질해 섞어서 만드는 소시지로 동독 시절에 많이 보급되었
다. 당시 동독에서는 고기를 구하기 어려웠기 때문에 야그
드부어스트로 대신했다고 한다.

동독스타일의 예거슈니첼에는 크림소스가 아닌 토마토
소스를 쓴다. 짜고 기름진 소시지를 튀겼으니 상큼한 맛이
필요하기도 하고, 동독에서 크림이 흔하지 않기도 했다. 버
섯 같은 신선식품은 귀했기 때문에 저렴하고 배도 쉽게 채
울 수 있는 슈피렐리(Spirelli, 독일어로 푸실리 파스타를 부르
는 말)를 곁들여 먹었다.

~혹나제(Hochnase)~

내가 일하던 직장의 사장은 독일인이었다. 그는 바이에
른, 그중에서도 뮌헨 출신이어서 종종 사투리를 쓰곤 했다.
젤부스(Servus)같은 인사말을 듣기도 했는데 처음 듣는 표
현이라 신기했다. 나는 요나스에게 새로 배운 말을 써보기

로 했다.

"젤부스!"

요나스는 기겁을 했다.

"방금 그거 뭐야?"

"우리 사장이 뮌헨 사람이라 오늘 처음 배웠어. 인사라
는데?"

"하! 혹나제와 일한다니 유감이네."

"혹나제가 뭐야?"

요나스는 검지를 콧대 위에 가져다 대며 말했다.

"콧대가 이렇게 높다고. 재수 없다는 말이지."

베를린과 바이에른의 지역 감정에 대해서는 대충 알고
있었지만 막상 옆에서 들으니 흥미진진했다. 다음 날 바로
사장과 차를 타고 가는 길에 요나스의 말을 전했다.

"제 플랫메이트한테 사장님이 뮌헨에서 왔다고 하니까
혹나제래요."

마른하늘에 날벼락이라도 맞은 듯 사장은 발끈했다.

"혹나제? 어이가 없네. 그럼 그 많은 세금은 누가 내는지
한번 물어봐봐."

쓰는 돈에 비해 세수 확보가 되지 않는 베를린이 세금을
많이 내는 뮌헨에 할 말은 아니라는 뜻이었다. 나는 고개를

끄덕이고, 퇴근 후 바로 요나스에게 달려갔다.

"요나스. 우리 사장이 세금은 누가 다 내냐고 물어보래."

요나스는 눈을 굴리고는 다시 한번 검지를 콧대 위에 가져다 댔다.

"그렇지. 딱 혹나제. 아주 전형적인 혹나제식 사고방식."

요나스는 더는 말할 필요도 없다면서 팔랑팔랑 손을 흔들었다. 나는 이 대화가 귀여워서 두고두고 곱씹었다.

~베서베시(Besserwessi)와 야머오시(Jammerossi)~

베서베시는 '더 좋은'이란 뜻의 베서(Besser)와 서쪽 출신 사람을 뜻하는 베시가 합쳐진 단어다. 스스로를 동독 출신 사람보다 더 낫고, 더 잘 안다고 생각하는 오만한 태도의 전형을 뜻한다. 처음 일리아스에게 베서베시란 단어를 아냐고 물었을 때 일리아스는 실소를 터트렸다.

"베서베시? 그렇게 말 안 해도 돼. 베시란 단어가 이미 모든 걸 말해주니까."

일리아스다운 답이었다.

"그럼 반대말도 있어?"

일리아스는 가자미눈을 떴다.

"있기야 하지."

"뭔데?"

"야머오시!"

"그게 뭐야?"

"뭐, 징징거리는 동쪽 출신 사람이라는 말인데……. 숭진, 봐봐. 동독 시절에 우리는 서독에게 완전히 먹혀버렸다고. 북한이 남한을 하루아침에 흡수해버리면 너는 어떨 것 같아? 당연히 우는 소리가 나오지. 서쪽 사람들이 듣기 싫으니까 그렇게 부르는 거야. 무슨 말인지 알아?"

일리아스는 말을 쏟아내면서 얼굴을 붉혔다. 나는 문득 궁금해졌다.

"그럼 서쪽 출신 여자친구가 있었던 적 있어?"

"아니."

"왜?"

일리아스는 잠시 답을 망설였다.

"다른 사람은 모르겠지만 나에게는 그들이 다른 나라 사람처럼 느껴져. 생각하는 방식이 달라서 말이 통하지 않을 때가 많다고."

"그럼 서쪽 친구도 없어?"

"친구는 있지. 근데 애인으로는 어려워. 나도 몰라. 설명하기 힘들어."

일리아스는 답답한지 인상을 썼다. 그리고 잠시 고민을 하더니 다시 말했다.

"완벽한 답을 찾았어. 동독 여자가 더 섹시해. 그게 다야. 오케이?"

나는 별소리를 다 한다고 생각하며 "오케이!"라고 대답했다.

동독 스타일 예거슈니첼

재료

예거슈니첼

- 야그드부어스트
  4조각(두께 1센티미터)
- 달걀 2개
- 빵가루 100그램
- 밀가루 100그램
- 튀김용 기름 적당량
- 소금·후춧가루 약간씩

토마토소스

- 다진 양파 2큰술
- 다진 마늘 2작은술
- 홀토마토 1캔(400그램)
- 토마토 페이스트 2큰술
- 설탕 1작은술
- 소금·후춧가루
  파프리카 가루
  식초(혹은 레몬즙)
  바질·파슬리 약간씩

슈피렐리

- 푸실리 70그램
- 소금 적당량

01 팬에 토마토소스의 재료인 다진 양파와 마늘을 달콤한 향이 올라올 때까지 볶는다.

02 01에 토마토 페이스트를 넣고 살짝 볶은 후 남은 토마토소스 재료를 모두 넣고 중불에 15분 정도 끓인다.

03 야그드부어스트를 소금과 후춧가루로 간한다.

04 달걀을 얕은 그릇에 풀어 달걀물을 만들고, 밀가루와 빵가루도 각각 얕은 접시에 담아 준비한다.

05 03에 밀가루, 달걀물, 빵가루 순서로 튀김옷을 입힌다.

06 팬에 튀김용 기름을 넉넉히 두르고 05를 양면이 황금색이 될 때까지 튀긴다.

07 냄비에 물을 담고 소금간을 한 다음 푸실리를 10분간 삶는다.

08 푸실리와 토마토소스 그리고 예거슈니첼을 그릇에 담아 완성한다.

클럽 나이트

21시. 나는 진작 옷을 챙겨 입고 방에 앉아 있었다. 검은 색 면바지와 목티는 나름대로의 패션이었다. 재킷은 빈티지 마켓에서 산 펑퍼짐한 검은색 워크웨어로 골랐다.

독일인에겐 빈말이 없다. 그저 "언제 한번 클럽이나 같이 가자"고 했을 뿐이었는데 니키(둘은 결국 재결합했다)는 구체적인 일정을 물었다. 요나스도 옆에서 장단을 맞췄다. 젊은이끼리 하루 재미있게 놀고 오라는 말이었다. 영 내키지 않았다. 클럽에서 몸을 흔드는 일리아스를 상상할 수도 없고, 상상하고 싶지도 않았기 때문이다.

나는 당시에 1990년에서 2010년 사이 팝송이 나오는 신명 나는 게이 클럽에 가기를 좋아했다. 일리아스에게 게이

클럽으로 가자고 졸랐지만 나에게 새로운 클럽을 소개해주
겠다며 거절했다. "너 호모포비아 아니야?"하고 놀리려다
맞다고 할까 봐 그냥 말았다.

일리아스는 자신이 아는 클럽이 있으니 걱정 말라며 오
늘 밤 9시까지 데리러 오겠다고 했다. 이미 밤 9시다. 일리
아스는 맨날 늦는다.

21시 25분. 드디어 일리아스와 니키가 도착했다. 일리아
스는 평소와 다름없는 후드티에 청바지 복장이었고 니키는
독일 전통 의상인 던들(Dirndl)과 닮은 드레스를 입고 있었
다. 검은색 멜빵 치마에 레이스가 달린 블라우스였는데 클
럽보다는 옥토버페스트에 잘 어울리는 복장이었다. 내가 일
리아스와 니키를 위아래로 훑은 만큼 두 사람도 나를 훑어
봤다.

"왜?"

일리아스와 니키는 잠시 수군거리더니 그만 나가자고 했
다. 너네도 내 복장이 마음에 안 들겠지. 나도 너네 복장 마
음에 안 들어.

21시 45분. 금요일 밤이라 역에 사람이 많았다. 환승을
하기 위해 다른 플랫폼으로 가는데 멀리서 짧은 비명 소리
가 연달아 들렸다. 비명 소리가 가까워져 앞을 보니 한 중년

남자가 앞을 가로막는 모두에게 어깨빵(어깨로 세게 남을 밀치는 행위)을 하며 걸어오고 있었다. 모세의 기적처럼 남자 앞으로 길이 열렸다. 니키는 슬쩍 앞을 보더니 고개를 숙이고 어깨를 세웠다. 대충 봐도 피할 생각이 없는 자세였다.

남자가 가까워졌을 때 니키는 온 체중을 실어 남자의 어깨에 몸을 박아버렸다. 남자도 이미 니키를 보고 있었기에 두 사람은 서로를 세게 밀쳤다. 두 사람은 욕을 하기 시작했다. 나는 너무 놀라 한마디도 알아듣지 못했다. 대충 이런 느낌이었다.

"미친 여자 같으니 지옥에나 떨어져서 죽어버려!"

"사회부적응자 같은 놈, 집에서 나오지 말고 혼자 집에서 늙어 죽어."

일리아스가 뭐 하는지 찾아보니 니키와 함께 남자에게 욕을 하는 중이었다. 셋은 서로 얼굴을 들이밀고 고래고래 소리를 질렀다. 역에 있는 모두가 우리를 쳐다봤다.

"퉤."

이마에 차가운 뭔가가 튀었다. 남자 입에서 나온 침이었다. 니키 얼굴은 이미 침 범벅이 되어 있었다. 나한테 튄 침은 옆으로 튄 작은 방울이었다. 난생처음 침을 맞아본 나는 정신이 아득했다.

니키가 남자에게 달려들었다. 일리아스는 니키를 말리기 위해 몸통을 두 팔로 잡았다. 니키는 씩씩거리면서 덩달아 침을 뱉었고 남자는 욕을 하면서 자리를 떴다.

"성진(오직 니키만 내 이름을 제대로 발음했다), 봤어? 저 남자가 어떻게 했는지 봤지? 모든 사람 어깨를 일부러 밀치는 거 봤지?"

침 범벅이 된 니키가 흥분해서 나에게 말했다. 나는 몸이 굳어서 고개만 끄덕거렸다.

"내가 일부러 힘줘서 미친놈한테 몸을 박았어. 더는 못 하게 하려고. 쪼다 같은 놈."

니키는 침을 닦으면서도 분이 풀리지 않아 자리에서 "으 아아!" 하고 소리를 질렀다.

22시. 에스반에 타고 나서야 주변 사람이 건네준 휴지로 니키는 얼굴을 닦았다. 내 얼굴에 튄 작은 침방울은 그냥 손 으로 대충 닦았다. 일리아스는 잘했다며 니키의 등을 토닥 였다. 정말 니키를 칭찬하려는 마음보다는 더는 그가 화를 내지 않길 바라는 바람이 더 큰 듯 보였다.

22시 30분. 클럽에서 가까운 역에 내리자 니키가 배가 고 프다고 했다. 일리아스는 다급하게 주변을 두리번거렸다.

"오랜만에 켓부어스트(Ketwurst) 어때? 숭진도 있는데?"

니키는 별로 내키지 않는 눈치였지만 내 이름이 나오니 좋다고 했다. 나는 켓부어스트가 뭔지 몰랐지만 좋다고 하고 둘을 따라나섰다. 역에서 다리를 건너 바로 나오는 코너를 도니 크게 켓푸어스트라고 적힌 간이음식점이 보였다. 사진을 보니 미국식 핫도그를 닮은 길거리 음식이었다.

"서베를린에 커리부어스트가 있으면 동베를린에는 켓부어스트가 있지."

일리아스는 켓부어스트 세 개를 시켰다. 점원은 15센티미터 정도 되어 보이는 길쭉한 브로첸을 꺼내 들었다. 아마 30센티미터가 넘는 브로첸을 반토막 낸 듯했는데 잘린 면에 소시지가 들어갈 만큼 긴 구멍이 뚫려 있었다. 구멍 안에 케첩을 쭈욱 짜 넣은 점원은 데워둔 소시지를 쑤셔 넣고 한 번 더 소시지 끄트머리에 케첩을 뿌렸다. 완성이었다.

"동베를린식 길거리 음식이야."

켓부어스트를 건네며 일리아스가 말했다. 빵, 케첩, 소시지가 전부인 켓부어스트를 보니 한국의 떡볶이와 순대가 그리웠다.

"너네 이거 자주 먹어?"

"아니."

니키와 일리아스 둘 다 고개를 저었다.

"이거 베를린에서도 거의 안 팔아. 아마 파는 가게도 두세 군데밖에 없을걸."

"귀한 음식이네."

"동베를린처럼 사라지는 음식이지."

나는 귀한 켓부어스트를 맛봤다. 빵, 케첩, 소시지 맛이었다.

23시 10분. 클럽 가는 길에 일리아스가 나를 옆으로 잡아끌었다. 자신과 붙어서 걸으라는 말이었다. 주변을 보니 남자 몇 명이 있긴 했다. 그렇지만 나에겐 아무 신경도 쓰고 있지 않았다.

"그냥 걸어도 될 것 같은데?"

"숭진, 저 남자가 네 옆으로 따라붙으려고 했어. 네 가방을 털려고 하는 거야."

나는 전혀 공감할 수 없었다. 왜냐면 그곳은 내가 일하는 매장 바로 옆 골목이었다. 나는 주 5일 내내 밤 12시에 이 골목을 지나며 퇴근했다.

"일리아스, 나 여기서 일하잖아."

"숭진. 네가 못 봐서 그래. 진짜라니까."

이럴 때 일리아스는 정말 다른 세상을 사는 사람 같다.

23시 20분. 드디어 클럽에 입장했다. 오며 가며 자주 본 건물이었다. 웬 해적이 벽면에 그려져 있어 눈에 띌 수밖에 없었다. 낮에는 이벤트홀 겸 레스토랑, 밤에는 클럽 겸 바가 된다는데 영 별로였다. 한국으로 치면 관광나이트 같았다.

23시 30분. 노래가 구리다. 집에 가고 싶다. 정말 너무 구려.

23시 40분. 이 노래의 장르를 슐라거(Schlager)음악이라고 했다. 찾아보니 독일의 트로트라고 할 수 있는 장르란다. 클럽 벽에 붙은 포스터를 보니 슐라거 파티라고 적혀있다. 이 새끼. 어디로 나를 데리고 온 거야.

23시 55분. 바에서 어떤 남자가 나를 자꾸 힐끗힐끗 쳐다본다. 나는 애인이 있는 레즈비언인데 어쩌지? 나는 우쭐하면서도 새침해져서 남자를 힐끗힐끗 봤다. 춤추던 일리아스가 나한테 오더니 저 남자는 네오나치니까 그만 쳐다보라고 했다. 일리아스의 말을 듣고 남자의 바지를 보니 군복(네오나치는 전체주의를 신봉하고 군복을 사랑한다)이었다. 이번엔 일리아스 말이 맞는 듯했다.

0시 15분. 춤추다가 니키와 일리아스를 따라 조용한 바 구역으로 나왔다. 둘은 재미있어 죽겠는지 바에서도 살랑살랑 춤을 췄다. 일리아스가 춤추는 모습을 보니까 왠지 소름이 돋았다. 으, 징그러워.

다른 테이블에 있던 남자가 다가와서 니키에게 드레스가

예쁘다고 했다. 니키는 고맙다며 가볍게 대화를 나눴고 남자는 테이블로 돌아갔다. 갑자기 일리아스의 얼굴이 벌게지기 시작했다.

"왜 웃어? 재밌어?"

"드레스 예쁘다고 하니까 고맙잖아."

일리아스는 아래턱을 내밀고 가슴을 부풀린 채로 남자의 테이블을 노려봤다. 남자도 시선을 느꼈는지 불편한 기색으로 자리를 떴다. 니키와 일리아스가 싸우기 시작했다.

"숭진, 너도 봤지? 니키가 남자한테 여지를 줬잖아."

"그래, 성진. 네가 말해봐. 내가 그 남자를 꼬셨어? 네가 보기에 그렇게 보였어?"

나는 지친 표정으로 그냥 고개를 절레절레 저었다. 둘은 내 반응이 성에 안 찼는지 자리까지 옮겨가면서 다투기 시작했다.

0시 45분. 클럽에서 도망 나왔다. 일리아스한테 나는 집에 간다고 했다. 일리아스는 니키랑 아직도 싸우는지 답이 없다.

1시 10분. 이렇게 집에 갈 순 없었다. 나는 베르크하인(Berghain)에 입장하려 줄을 섰다. 줄이 진짜 길다. 베를린에서 가장 유명한 클럽답다.

1시 45분. "LSD? 엑스터시?" 벌써 여섯 번째다. 나는 마약 딜러에게 괜찮다고 손을 저었다. 30분 넘게 기다렸는데 이제 반 왔다.

2시 20분. 이제 앞에 열 명도 남지 않았다. 베르크하인은 입뺀(입구에서 막혀서 못 들어가는 것)으로도 유명하다. 일론 머스크도 몇 시간을 기다려 입장을 시도하다 실패한 일화가 있다. 내 앞에서도 거의 반이 넘는 사람이 입뺀을 당했다. 심장이 두근거렸다. 한 시간 넘게 기다렸는데 이대로 집에 가고 싶지 않았다.

2시 25분. 내 차례가 됐다. 나는 무표정하게 문지기 앞으로 걸어갔다. 베르크하인 문지기인 스벤 마쿼트(Sven Marquardt)였다. 사진가이기도 한 그는 베르크하인 문지기로 워낙 유명해 영화 〈존 윅 4〉에 카메오로 출연하기도 했다.

"몇 명이 왔어?"

"나 혼자."

"재밌게 놀아."

엄마! 나 베르크하인에 들어왔어!

2시 35분. 베르크하인은 세계에서 손꼽히는 음향 시설로 유명하다. 소리가 얼마나 힘이 좋은지 꼭 내 몸을 통과해서 울리는 느낌이었다. 뿌연 스모그 사이로 거친 테크노 음악에 맞춰서 춤추는 사람들을 보니 꼭 소돔과 고모라에 온 듯했다. 클럽이기 전에 발전소였던 만큼 메인홀의 규모가 어마어마했다. 천장의 높이는 무려 18미터에 달했다. 익숙한 장소인 척하며 클럽 곳곳을 구경했다.

2시 50분. 제일 구석에 있는 복도로 들어가니 다크룸(성행위를 하는 공간)이었다. 구강성교 중인 사람 셋이 보였는데 놀라지 않은 척 자연스럽게 뒤돌아서 나갔다. 보는 입장에선 하나도 자연스럽지 않았겠지…….

3시. 화장실에 갔다. 변기 커버도 없고, 거울도 없고, 사람이 북적거려서 죽겠다.

3시 30분. 메인홀에서 테크노 음악에 맞춰서 춤을 췄다. 기계음이 반복되니까 머리가 아팠다. DJ가 레이디가가나 비욘세 음악이나 틀어주면 좋을텐데……. 하이힐 신은 드랙퀸과 신나게 엉덩이를 흔들며 춤을 추는 상상을 했다. 아무래도 나는 베르크하인에 어울리는 사람이 아닌 듯하다.

3시 45분. 주섬주섬 짐을 챙겨서 택시에 올라탔다.

4시 05분. 요나스가 깨지 않게 조심스럽게 집 문을 열었다. 요나스 방에 불이 켜졌다. 삐걱삐걱. 요나스가 2층 침대에서 내려오는 소리가 들렸다.

"요나스. 안 자고 뭐 해."

"오는 소리에 깼어. 재미있게 놀았어?"

"응. 재미있었어"

요나스는 "파티!"라고 외치며 춤추는 척을 했다.

"일리아스랑 니키는?"

"중간에 헤어졌어."

요나스는 피곤할 텐데 자라며 밤 인사를 하고 방으로 다시 들어갔다. 요나스 방의 불이 꺼지는 걸 확인하고 나도 방으로 들어갔다. 이상하게 요나스의 오지랖이 반가운 날이었다.

재료

· 켓부어스트 용 브로첸(혹은 바게트)
· 브로첸 사이즈에 맞는 부어스트(핫도그용 소시지로 대체 가능)
· 케첩 350밀리리터, 생크림 50밀리리터
· 콜라 100밀리리터   · 파프리카 페이스트 2큰술
· 마늘 가루 1/2큰술   · 고운 고춧가루 혹은 파프리카 가루 1/2큰술

만드는 법

01 브로첸에 부어스트가 들어갈
    정도 크기의 구멍을 뚫는다.

02 브로첸과 부어스트를 그릴이
    나 팬에 노릇해질 정도로 굽
    는다.

03 냄비에 케첩, 생크림, 콜라,
    파프리카 페이스트, 마늘가루,
    고운 고춧가루를 한 번에 넣
    고 약불에서 저으며 끓인다.

04 브로첸의 구멍에 03의 소스
    를 넉넉히 채운다.

05 04에 부어스트를 끼우고 다
    시 한번 소시지 위에 소스를
    뿌려서 완성한다.

2부

알레스 굿, 베를린

나는 죽기가 싫어요

내가 중학교 2학년 때 엄마는 성경 안으로 숨었다. 아침에 눈을 뜨면 식탁에서 성경을 읽는 엄마가 보였고, 하교하면 같은 자리에서 성경 공부하는 엄마가 보였다. 나는 엄마와 함께 있지만 따로 사는 느낌이었다. 나는 엄마를 이해했다. 여자 혼자서 딸을 키우는 일이 쉽지 않다는 건 어린 나도 알았다. 엄마에게는 기댈 곳이 필요했을 것이다. 누구보다 스스로가 가장 중요했던 할머니는 엄마에게 힘이 되어주지 않았다. 나는 할머니를 가족으로도 인간적으로도 정말 좋아하지만, 자신의 둘째 딸에게 당신은 좋은 엄마가 아니었다. 엄마에겐 종교가 유일한 쉼터였다.

다만 엄마가 모든 일을 그만둔 건 문제였다. 가장인 엄마가 사라지자 일상이 흔들렸다. 하루는 엄마가 신용 불량자가 됐다는 편지를 받았고, 다른 하루는 급식비가 연체되어 점심시간에 식판을 뺏겼다. 양말에 구멍이 나기 시작했고, 빈 샴푸통이 채워지지 않아 비누로 머리를 감을 수밖에 없었다. 엄마에게 도움을 요청해도 아무런 대답이 없었다. 엄마의 눈은 성경에만 꽂혀 있었다. 엄마에게 말을 걸 때면 텅 빈 육신 앞에서 혼자 떠드는 기분이었다.

아무런 준비도 없이 한 집안의 재산이 사라지는 순간을 겪다 보니 나는 매일 불안에 떨었다. 돈을 내야 한다는 내용의 가정 통신문을 받으면 특히 심했다. 나는 엄마에게 말하지도 못하고 머리를 굴렸다. 중학교 3학년 때 미성년자를 받아주는 일터를 수소문하다 집 앞 치킨집에서 단기 전단지 아르바이트를 구한 적이 있다. 길에서 뻘쭘하게 전단지를 건네면서 받은 일당은 만 원(2004년에는 시급이 2,840원이었다)이었다. 집에 가자마자 돈을 내라는 가정통신문과 함께 엄마에게 돈을 건네니 엄마는 아주 자랑스러운 얼굴로 말했다.

"성진이가 처음으로 스스로 번 돈이네! 돈 버는 게 참 힘들지? 이 돈은 성경책에 끼워 두고 평생 간직하면서 돈이 얼마나 귀한지 떠올리자."

커다란 가르침이라도 준 듯 뿌듯해하는 엄마의 표정에 나는 기가 찼다. 애초에 돈의 중요성을 몰랐다면 열다섯 살 때부터 아르바이트를 찾지는 않았겠지. 나는 모든 상황에 웃음만 났다. 아주 차가운 웃음이었다.

고등학교 1학년 때 거울을 보다 하얗게 센 가르마 라인을 보고 충격받았다. 친구가 종종 흰머리에 대해 말해줬지만 이렇게나 하얗게 변한 줄은 몰랐었다. 염색약을 살 돈이 아까워 그대로 다녔다. 3학년 2학기 수시 합격 이후 대학 가기 전까지 쉬지 않고 편의점 아르바이트를 한 결과 통장 잔고가 100만 원을 넘기면서 머리카락은 제 색깔을 찾았다.

대학 시절 아르바이트와 학자금 대출로 생활비를 스스로 감당하기 시작하자 시야가 맑아지고, 귀가 잘 들리기 시작했다. 비유가 아니라 정말로 그랬다. 경제권을 쥐니 생긴 변화였다. 스물한 살에 나는 처음으로 스스로 삶을 통제하는 기분을 느꼈다. 돈이 있으니 내가 살고 싶은 삶을 살 수 있었다.

첫 공황을 겪은 시기도 딱 그때쯤이었다. 평소처럼 잠을 자다가 살짝 깼는데 찰나에 몸이 굳으면서 팔다리가 벌벌 떨리기 시작했다. 죽으면 의식이 사라진다는 공포는 내 숨통을 조였다. 잠에 든 상태가 마치 죽음처럼 느껴졌다. 정신을 차리니 거실 가운데 서서 같은 말만 반복하고 있었다.

"죽기 싫어. 죽기 싫어. 무서워. 죽기 싫어."

비슷한 상황이 몇 번 더 있고 나니 슬슬 패턴이 보였다. 우선 자는 도중에만 공황이 왔다. 못해도 3주의 한 번은 공황 때문에 잠에서 깼다. 어쩔 줄 모르던 처음과는 다르게 어느덧 익숙해져서 '또 왔구나' 하고 넘기는 일이 많아졌다. 베를린에 와서도 별반 다르지 않았다.

죽음에 대한 생각도 많아졌다. 인간으로 태어나 무슨 짓을 해도 결국에는 죽는다는 진리가 너무 버겁게 느껴졌다. 세상만사에는 웬만하면 해결 방법이 있지만 죽음에 있어서는 죽는 방법 말고 다른 수가 없다. 마치 브레이크 없이 벼랑 끝으로 달려가는 버스를 탄 것 같았다. 멈추려고 온갖 짓을 하지만 결국 추락해버리고 마는 버스 말이다. 매일 벼랑에서 떨어지는 순간을 상상하며 좌절했다.

삶에 허무함이 잔잔하게 깔렸다. 어떤 수를 써도 죽음을 생각하기 전으로 돌아갈 수는 없었다. 나는 필사적으로 답을 찾아다녔다. 주변 사람들에게도 조금만 친해지면 죽음에 대해 묻곤 했다. 돌아오는 답은 제각각이었다.

"사후세계가 있겠지. 나는 왠지 있을 것 같은데?"

"별로 생각해본 적 없는데?"

"왜 우울한 얘기를 해?"

"무섭긴 한데 어떻게 해. 어쩔 수 없지."

"나는 당장이라도 죽고 싶어. 살기 싫어."

돌아오는 답 중에 해답은 없었다. 내가 요나스에게 죽음에 대해 물었을 때도 비슷했다.

"요나스, 죽음에 대해 어떻게 생각해?"

"숭진, 나는 두 번의 심장마비를 겪었잖아."

"응."

"그 말은 나는 이미 죽을 수도 있었다는 말이잖아."

"그렇지."

"나는 오늘 너와 맛있는 음식을 먹고, 커피를 마시고, 얘기를 하는 일이 즐거워. 그게 전부야."

"그래? 그렇지만 무섭잖아. 죽으면 내가 더 이상 존재하지 않잖아."

"너에겐 그렇겠지? 대신 친구와 가족이 너를 기억할 거야."

"이미 나는 죽어서 모르잖아."

"무엇보다 나는 그저 지금의 삶이 행복하고 즐거워. 내가 지금 살아 있으면 됐어."

요나스는 정말 현재를 사는 사람이었다. 그는 재산도, 야

망도 없었지만 좋아하는 일상으로 하루하루를 채우는 사람
이었다. 일주일에 많아야 이틀 정도 일하면서 남는 시간엔
기타를 치거나 시를 썼다. 여름이면 캠핑을 가고, 겨울이면
동네를 돌며 산타클로스 역할을 자처했다. 두 번의 심장마
비를 겪으면 요나스처럼 살 수 있는 걸까?

"나도 너처럼 생각할 수 있는 날이 오면 좋겠어."

"아무 걱정도 하지 마. 숭진. 너는 생각이 너무 많아. 그
냥 네 앞에 있는 로테 그뤼체(Rote Grütze)를 먹어. 그러면
행복해질 거야."

요나스는 바닐라소스를 잔뜩 부은 사발에 로테 그뤼체를
탈탈 털어 넣고 내 앞으로 밀었다. 달큰한 향도 사발을 따라
나에게 밀려왔다. 나는 잠시 요나스의 당뇨를 떠올렸다. 그
리고 숟갈을 들었다.

바닐라소스를 곁들인 로테 그뤼체는 요나스가 가장 좋
아하는 디저트다. 로테는 '붉은'이란 뜻이고 그뤼체는 거칠
게 빻은 곡류를 말하는데 로테 그뤼체는 붉은 과일과 곡물
의 전분을 이용해 묽은 푸딩의 질감을 낸 음식이다. 여기에
바닐라소스나 휘핑크림, 때로는 바닐라 아이스크림을 곁들
여 디저트를 완성한다. 덴마크의 뢰드그뢰드(Rødgrød)와
같은 음식이지만 독일 북부로 오면서 좀더 디저트에 가까

워졌다.

마트에 가면 요나스는 항상 같은 제품을 사 왔다. 하나는 블랙 커런트, 레드 커런트, 체리, 라즈베리가 눈에 보일 정도로 큼직하게 들어 있는 로테 그뤼체고, 다른 하나는 노란 종이팩에 덴마크식 바닐라소스라고 적힌 소스였다. 요나스는 독일 마트의 바닐라소스 중 덴마크식 바닐라 소스가 최고니 다른 제품을 살 생각은 하지 말라고 단호하게 말하곤 했다.

나는 함부르크의 레스토랑에서 처음으로 로테 그뤼체를 맛봤다. 애인과 마음먹고 간 독일 음식점이었다. 메뉴판을 봐도 알 수 없는 정체불명의 디저트뿐이라 종업원에게 물으니 로테 그뤼체를 추천했다. 첫인상은 만들다 만 묽은 잼 위에 생크림을 쏟은 모양새였다. 맛은 오묘했다. 질감이 과일로 끓인 죽 같기도 하고 오트밀도 떠올랐다. 물론 굳이 따지면 과일 푸딩에 가장 가까운 맛이긴 했지만 곡물의 전분으로 점도를 내서 좀더 몽글몽글한 느낌이 있었다. 나쁘지는 않았지만 그렇다고 다시 시켜 먹을 정도는 아니었다.

반면에 요나스의 로테 그뤼체는 일부러 찾아 먹을 만한 맛이었다. 통통한 과육이 넉넉히 든 로테 그뤼체는 과하게 달지도, 시지도 않았고 곁들여 먹는 덴마크식 바닐라소스는 요나스 말대로 요물이었다. 딱 생크림과 비슷한 농도의 소스는 멸균팩에 들어 있음에도 불구하고 신선한 우유를 먹었을 때 느껴지는 상쾌한 맛이 고스란히 담겨 있었다. 둘이 어찌나 잘 어울리는지 한 숟갈 먹으면 기분이 좋아져 한 숟갈, 한 숟갈 자꾸만 떠먹었다. 로테 그뤼체에 소스를 살짝 뿌려 먹는 방식이 일반적인데 요나스는 시리얼 마냥 로테 그뤼체를 바닐라소스에 말아서 먹곤 했다. 나는 약간 비위가 상한다고 생각했지만 맛을 보고 나니 완전히 납득되어 그대로 따라서 먹었다.

요나스가 준 로테 그뤼체를 싹싹 긁어 먹고도 잔잔한 허무는 나아지지 않았다. 요나스와 좀더 수다를 떨다가 방에 들어와 침대에 누웠다. 두 시간 동안 눈을 감고 가만히 있어도 잠은 오지 않았다. 원래도 밤잠이 없었지만 공황이 시작된 이후로는 더욱 잠들기 어려웠다.

문득 처음 공황이 왔던 날을 떠올랐다. 처음으로 삶을 가졌다고 생각했다가 다시 잃은 순간이었다. 언젠가 닥칠 죽음 직전 눈을 감는 순간도 상상했다. 깜깜한 어둠 속으로 넘어가기 직전에 무슨 생각을 할까. 벼랑 끝에서 추락하는 버스가 또 떠올랐다. 나는 점점 줄어드는 시간 속에 완전히 갇힌 기분이었다.

바닐라소스에 말아 먹는
요나스식 로테 그뤼체

재료

· 닥터 오트커(Dr. Oetker) 사의
  로테 그뤼체 디저트(Rote Grütze Dessert) 500그램 1팩
· 마틸드(Matilde) 사의
  덴마크식 바닐라소스(Dänische Vanillesoße) 500밀리리터 1팩

만드는 법

01　로테 그뤼체와 바닐라소스를
　　냉장고에 넣어서 차갑게 보관
　　한다.

02　먹고 싶은 양에 맞는 크기의
　　그릇에 로테 그뤼체를 원하
　　는 만큼 담는다.

03　로테 그뤼체 위에 넉넉하게
　　바닐라소스를 붓는다. 로테
　　그뤼체가 최소한 반 이상은
　　잠길 정도로 소스를 부어야
　　한다.

04　소스와 로테 그뤼체를 섞지
　　않은 상태에서 함께 떠서 먹
　　는다.

※재료의 브랜드가 중요한 레시피니
될 수 있으면 같은 제품을 사길 추천한다.
두 제품 다 독일의 슈퍼마켓 레베(REWE)에서 판매한다.

알레스 굿

제목: 알레스 굿(Alles gut)

보내는 이: 요나스

친애하는 성진,

내가 집에 없어서 놀랄까 봐 이메일을 보내.

지금 병원이야. 왜냐면 집에서 쓰러졌거든. 심각한 일은 아니야.

화장실에서 변기에 앉았다가 일어서는데 갑자기 기절했어.

(혹시 내가 물을 내리지 않았다면 미안해.)

일리아스가 나를 병원에 데려다줬어.

이틀 정도 입원을 해야 한다는데 네가 원하면 병문안을 와도 좋아.

사랑을 담아, 요나스.

바로 다음 날 나는 종합병원을 찾았다. 대기번호 전광판을 보며 순서를 기다리는 인파, 알싸한 병원 냄새, 바쁘게 오가는 의사와 간호사가 낯설지 않았다. 친절한 안내데스크 직원의 말을 따라 별관 안쪽으로 들어가니 금방 요나스의 이름이 보였다. 문을 여니 2인실이었다.

"오! 숭진."

창가 자리 쪽 침대 자리에서 요나스가 나를 보고 반가워서 두 손을 번쩍 들었다. 일리아스와 니키도 손을 흔들었다.

"요나스, 괜찮은 거야?"

"푸, 당연하지."

요나스가 손을 내저었다. 일리아스와 니키를 쳐다보니 둘도 고개를 끄덕였다.

"대체 무슨 일이야?"

"화장실에 갔다가 일어서는데 갑자기 어지러운 거야. 정신을 차리니까 바닥에 내가 쓰러져 있었어. 다행히 옆에 핸드폰이 있어서 일리아스한테 전화했지."

"세상에. 일리아스 놀랐겠다."

일리아스는 입을 앙다물고 어깨를 으쓱했다.

"검사 결과를 봐야 안대."

"결과는 언제 나오는데?

"음, 아마도 내일?"

"그게 끝이야?"

"응. 아무 문제 없어. 알레스 굿."

요나스는 해맑은 표정으로 발을 살랑살랑 흔들면서 말했다. 요나스의 말이 영 못 미덥다. 요나스식 '알레스 굿' 태도 때문이다. 직역하면 '다 좋다'는 뜻인데 허구한 날 '알레스 굿', 어떨 때는 베를린 사투리로 '알레트 윗(Allet jut)'이라며 말을 끝맺었다. 독일인이 워낙 자주 쓰는 표현이긴 하지만 요나스는 정도가 심했다. 석 달 전에 요나스의 발에 상처가 났을 때도 그랬다.

첫 기억은 밤늦게까지 마감 근무를 하고 집에 돌아온 날이었다. 물을 마시려고 부엌으로 바로 향했는데 바닥에 뭔가 흘러 있었다. 자세히 보니 굵은 핏방울과 그 위를 밟고 지나간 발자국이었다. 거실에서 인기척이 나 달려가 보니 요나스가 소파에 앉아 발바닥에 플래시를 비추고 있었다.

"요나스, 뭐 해? 다쳤어?"

"부엌 바닥에 유리 조각이 있었나 봐."

요나스의 발바닥을 보니 상처가 크진 않았다. 하지만 피가 멈추지 않고 상처에서 퐁퐁퐁 솟아나고 있었다. 나는 깜짝 놀라 한국에서 가져온 포비돈액을 찾았다.

"알레스 굿, 숭진! 알레스 굿."

"뭐가 알레스 굿이야."

"알레스 굿. 고마워. 알레스 굿."

요나스는 포비돈액을 받아 쥐면서도 '알레스 굿'을 연발하는 요나스를 보며 나는 고개를 절레절레 저었다.

두 번째 기억은 일주일쯤 후였다. 요나스는 한 주를 꽉 채워서 다친 발에 대강 붕대를 빙빙 두른 채로 질질 끌고 다녔다. 그 꼴을 볼 때마다 잔소리하고 싶은 욕구를 참느라 얼마나 애를 썼는지. 참다 참다 풀린 붕대 끝에 묻은 핏자국을 보고서야 입을 열었다.

"요나스. 저기 다시 피 나나 봐."

"오?"

요나스는 반 정도 풀린 붕대를 대충 살펴보고는 말했다.

"알레스 굿."

"요나스, 내일 병원에 가. 일주일이나 지났는데 피가 나잖아."

"내일은 말고 다음 주에 약속이 있으니까 가도록 할게. 알레스 굿."

세 번째 기억은 열흘쯤 뒤에 요나스가 병원에 다녀온 다음 날이었다. 요나스 발에는 드디어 제 역할을 할 법한 짱짱

한 붕대가 감겨 있었다.

"의사가 뭐래?"

"큰 상처는 아닌데 치료가 필요하대."

"아직도 치료가 필요하대?"

"그런가 봐."

"심각하대?"

"푸우, 알레스 굿."

마지막 기억은 한 달 정도 흐른 뒤 우연히 살짝 열린 거실 문틈으로 붕대를 벗은 요나스를 봤을 때다. 요나스는 소파에 앉아 자신의 발바닥을 살펴보고 있었는데 상처 주변이 검푸른색으로 물들어 있었다. 그제서야 요나스의 당뇨가 떠올랐다.

"숭진이야?"

요나스가 인기척을 느꼈는지 나를 불렀다. 거실 문틈으로 고개만 쏙 빼 요나스에게 인사를 했다. 요나스는 금세 발바닥을 옷으로 가리고 있었다. 잠시 말을 고르다가 물었다.

"알레스 굿?"

요나스는 싱긋 웃으면서 답했다.

"알레스 굿."

베를린의 종합병원 환자식

한때 인터넷에서 베를린의 환자식 사진이 논란이 된 적이 있다. 사진 속 환자식에는 두 가지 종류의 빵에 소시지 한 장, 치즈 한 장, 통 토마토 한 알, 소포장된 버터와 잼 한 개가 전부였다. 식사에 진심인 한국 누리꾼은 경악을 금치 못했다. 논란의 환자식 사진은 반은 맞고 반은 틀리다. 아니 정확히 말하면 3분의 2는 맞고 3분의 1은 틀리다. 베를린의 종합병원은 아침, 점심, 저녁 총 세 번 배식한다. 논란의 환자식은 주로 아침과 저녁에 나오는 메뉴다. 아침은 독일식 아침 식사의 영향을 받았고, 저녁은 독일 북부 지역의 아벤트브로트

(Abendbrot) 문화 때문이다. 아벤트브로트는 '저녁 식사'를 통칭하기도 하지만 좀더 정확하게 말하자면 차 혹은 커피 한잔과 빵, 치즈, 살라미나 햄 그리고 버터 등을 간단하게 차려 먹는 저녁 식사의 형태다. 불행 중 다행으로 점심은 구색을 갖춰 감자나 면 혹은 쌀을 곁들인 메인 메뉴가 나온다. 주로 소시지, 베를리너 불레테(Berliner Boulette, 베를린식 미트볼), 굴라쉬(Gulasch, 헝가리식 고기 스튜) 같은 음식이 메인 메뉴다. 철에 따라서 슈파겔이나 버섯 같은 제철 식재료가 나오기도 한다. 다만 점심에는 수술이나 검사가 많고 입원 자체를 늦게 하는 경우가 잦아 막상 식사를 하는 환자가 많지 않다.

또 하나 특이한 점은 끼니마다 커피와 차가 나온다는 점이다. 특히 커피는 한국의 병원에서는 금기시하는 음료인데 독일은 전혀 그렇지 않다. 커피 한 잔 정도의 카페인이 질병에 실질적인 악영향을 준다는 근거가 없다는 이유다. 흡연에도 한국보다는 관대한 편인데 환자의 자유에 가치를 두는 독일 문화와 닿아 있다.

집에 누가 있나 봐

지금도 눈에 선해서 소름 돋는다.

여름이면 요나스는 캠핑카에서 금, 토, 일요일을 보내곤 했다. 요나스의 캠핑 시즌은 나에게 가히 천국이었다. 주방에서 마음껏 요리를 하고, 방문도 활짝 열고 음악을 들을 수 있었다. 샤워를 하고 맨몸으로 나와 방에서 옷을 입는 일은 그 시기에 누릴 수 있는 호사였다.

사건은 요나스가 캠핑카에서 주말을 보낸 지 한 달이 좀 넘은 시점에 터졌다. 운 좋게 조기 퇴근을 한 날이었다. 나는 집에서 영화를 보며 된장찌개를 먹을 생각에 잔뜩 신이 났다. 주말이면 빨라도 저녁 8시에나 집에 도착하고는 했는데 그날은 오후 3시도 되지 않아 집에 도착했다. 기분이 좋아 후다닥 계단을 올라가 문에다가 냅다 열쇠를 꽂았다.

파팍.

열쇠 소리가 나자마자 문 너머에서 인기척이 들렸다. 등 뒤에 소름이 돋았다. 내가 멈칫하자 아무 소리도 들리지 않았다. 10초 정도 움직이지 않고 자리에 서 있었다. 머리가 핑핑 빠르게 돌아갔다.

안 그래도 불길하던 차였다. 요나스가 캠핑카로 떠나기를 반복한 지 3주쯤 되고 나서부터 요나스 방 쪽에서 자꾸 무슨 소리가 들리는 듯했다. 그럴 때마다 방문을 열어봤지만 역시 아무도 없었다.

이번엔 정말 확실한 소리를 들었다는 생각에 더욱 긴장이 됐다. 누굴 불러서 같이 들어갈까 하다가 번거롭다는 생각에 그대로 문을 열었다. 집은 고요했다. 환한 햇살이 집 안 전체를 따뜻하게 밝히고 있었다. 만약 집 안에 누가 있었다면 '파팍' 소리만으로 흔적을 지우고 숨긴 어렵겠다는 생각이 들었다. 나는 거실과 발코니, 주방과 내 방을 확인했다. 요나스 방은 무서워서 문만 열고 훑어봤다. 요나스 방엔 가구가 많아 가려진 공간이 많았다.

"뭐야. 없네!"

괜히 한번 큰 소리로 말하고는 옷을 벗고 화장실로 들어갔다. 화장실 문은 무서워서 열어뒀다. 우리 집 화장실에는 한 명이 서서 씻을 수 있는 크기의 샤워부스가 있었다. 불투명한 플라스틱 문을 여닫는 구조였다. 나는 샤워부스 안으로 들어가 샤워기를 틀었다. 끈적한 땀을 씻어낸다는 생각에 다시 기분이 좋아졌다.

다다다다다다다. 탁.

샤워기에서 쏟아지는 물소리 사이로 웬 소리가 들렸다. 소리는 화장실 문 앞에서부터 집 문으로 멀어지는 듯 들렸다. 우리 집 화장실 문은 요나스 방문과 딱 붙어 있었다. 다만 물소리가 워낙 커서 긴가민가했다. 내 방 창문을 열어둬서 바깥의 소리가 들어왔을 가능성도 있었다. 만약 진짜 소리가 났다고 해도 어차피 나체라 신고나 공격을 할 도구가 없었다. 그냥 샤워를 마치고 나가기로 마음먹었다. 다행히 씻는 동안 더는 소리가 나지 않았다. 샤워를 마치고 천천히 물기를 닦았다. 차근차근 기초 화장품을 바르고 잠옷을 입기 위해 화장실에서 나왔다. 그러다 옆을 보고 자리에 주저앉았다. 우리 집 현관문이 활짝 열려 있었다.

온몸을 떨면서 허둥지둥 방으로 가 옷을 입었다. 핸드폰을 챙기고 문을 닫으려는데 문득 집에 아직 누군가 있으면 어떻게 하나 싶었다. 나는 집 문을 닫고 밖에서 열쇠로 잠갔다. 한국과 다르게 독일은 열쇠로 문을 잠그면 안에서도 열수가 없었다. 나는 집 밖으로 나와 친구에게 전화를 걸었다. 사정을 말하니 친구는 바로 오겠다고 했다. 나는 정신을 차리고 모든 가능성에 대해 생각했다.

첫 번째는 내가 문을 닫지 않았을 가능성이었다. 실제로 우리 집 문은 잘 눌러 닫지 않으면 제대로 닫히지 않기도 했다. 내 방의 창문을 열어둔 상태였으니 바람이 불어서 문이 스스로 열렸을 수도 있었다. 하지만 가능성은 낮았다. 집은 맞바람을 치게 하지 않으면 바람이 잘 들어오지 않았고, 문도 가볍지 않았다. 제대로 닫히지 않은 적은 많았지만 워낙 무거운 탓에 한 번도 활짝 열린 적이 없었다.

두 번째는 요나스의 지인이나 일리아스가 집에 있었는데 내가 나체로 돌아다니니 민망해서 숨어 있다가 뛰쳐나갔다는 가능성이었다. 아무리 생각해도 현실성이 없었다. 요나스는 말없이 다른 사람을 부른 적이 없었고, 일리아스는 숨어 있을 성격이 아니었다.

마지막은 침입자의 가능성이었다. 대충 확인했던 요나스 방에 숨어 있다가 샤워를 시작하니 뛰쳐나가 도망쳤다는 가설이다. 그럼 문이 열려 있던 것도 설명이 됐다. 우리 집은 문을 닫을 때 큰 소리가 나기 때문에 열어두고 도망을 가는 쪽이 안전했다. 나는 최근 인기척을 느꼈던 일과 내가 오늘 일찍 퇴근한 점을 떠올렸다. 자꾸만 몸이 떨렸다. 동네를 걸으면서 핸드폰을 만지작거리다가 요나스에게 전화를 걸었다.

"안녕, 숭진!"

핸드폰 너머로 요나스의 목소리가 들리자 왠지 눈물이 나려고 했다. 나는 요나스에게 있었던 일을 설명했다. 허둥지둥 독일어로 설명하니 요나스는 진정하라며 나를 달랬다.

"괜찮아, 숭진. 다 괜찮아. 내가 지금 집으로 갈게. 만나서 얘기해. 다 괜찮아."

"아냐. 오늘도 캠핑카에서 자고 와도 돼. 그냥 지금 놀라서 그래."

"내 최고의 플랫메이트가 무서워하는데 내가 어떻게 여기서 자. 곧 출발할 테니까 좀만 기다려."

요나스와 전화를 하고 나니 신기하게 몸이 더 이상 떨리지 않았다.

친구가 도착해서 같이 집 안을 확인해줬다. 별다른 흔적은 없었다. 요나스 방 곳곳도 확인했다. 친구는 지저분한 요나스의 방을 보며 상상보다 더 심하다고 혀를 내둘렀다. 플래시까지 비추니까 거미줄과 먼지, 각종 쓰레기가 한눈에 들어왔다.

"근데 오늘 집에 와준다고 하니까 이 정도 지저분함은 완전히 봐줄 수 있게 됐어."

친구도 웃으면서 동의했다. 집에 아무도 없다는 걸 확인하고 친구는 돌아갔다. 친구가 간 지 얼마 되지 않아 요나스가 돌아왔다. 손에는 캠핑카에서 먹으려고 산 큼직한 크나커(Knacker)와 독일식 감자샐러드가 들려 있었다. 크나커는 부어스트 종류 중 하나로 씹을 때 '뚜둑'하는 소리가 난다고 해 소리를 빗대 크나커라고도 불리고 크낙부어스트(Knackwurst)라고 불리기도 한다. 살코기와 지방이 적당하게 섞인 고기를 큼직하게 분쇄해 만든 생소시지다.

"요나스, 미안해. 나 때문에 괜히 돌아왔지?"

"기꺼이!"

요나스는 크나커와 감자샐러드로 저녁을 먹자고 했고 나는 요리하겠다며 재료를 받았다. 요나스는 요리하는 내 옆에 서서 미스터리한 일을 복기했다.

"샤워하고 나왔는데 문이 열려 있었다고?"

"응. 완전히 활짝."

"정말 이상하네. 무거워서 활짝 열리기는 쉽지 않은데."

"그래서 무서웠던 거야."

"바람 때문이려나? 내 생각엔 네가 문을 완전히 닫지 않았을 수도 있겠다 싶어."

"그럴 수도 있어."

"근데 정말 누가 있었을 수도 있지. 아무도 모르는 일이야."

"으, 소름 돋아. 그럼 내가 그 사람이랑 같이 있었다는 말이잖아."

"종종 노숙자가 건물에 몰래 들어와 지붕 올라가는 계단 쪽에서 자는 일이 있었어. 우리 집이 꼭대기 층이니까 들어오고자 하면 들어왔을 수도 있지."

끝없이 이어지던 대화는 별다른 소득 없이 문단속을 잘하자는 결말로 끝이 났다.

물에 삶은 크나커와 감자샐러드를 접시에 담아 요나스에게 건넸다. 요나스는 박수를 치며 "인생은 아름다워!"라고 외쳤다. 삶은 크나커는 씹는 맛이 매력이다. 베어 물면 따뜻한 즙이 입안에서 터지면서 '까득!' 하는 소리를 낸다. 어쩔 때는 '빠박', '꼬득', '투툭' 하는 소리를 내기도 하는데 귀가 즐겁다. 거칠게 분쇄한 고기는 육회 같기도, 육포 같기도 하다. 기름기가 있고 향신료가 넉넉히 들어가 알싸한 맛도 있다. 크나커를 알고 한동안 꽂혀서 사흘 걸러 한 번씩

200

먹기도 했다. 돼지, 소, 사슴, 송아지 등 크나커 안에서도 종류가 많다.

입이 느끼하다 싶으면 독일식 감자샐러드를 먹으면 된다. 마요네즈가 잔뜩 들어 있는 독일식 감자샐러드가 더 느끼하지 않을까 싶지만 막상 먹어보면 묘하게 어울린다. 포인트라고 할 수 있는 식초 때문이다. 강력한 신맛은 크나커와 마요네즈를 찍소리도 못하게 제압한다. 처음 독일식 감자샐러드를 먹고 고개를 갸웃거리는 한국인이 많지만 한두 번 먹으면 나중에는 생각나 찾게 된다. 독일 남부에서는 마요네즈가 들어가지 않고 식초와 기름만 넣은 샐러드를 먹는다는데 남부식은 아직 먹어보지 못했다.

나는 수염에 감자샐러드의 마요네즈를 잔뜩 묻힌 요나스를 보며 처음으로 그가 집에 있어서 다행이라는 생각을 했다. 요나스도 내 마음을 느꼈는지 냅다 새끼손가락을 내밀었다. 우린 종종 그렇게 약속을 하곤 했다.

"숭진, 다음에도 네가 무서우면 언제든 집으로 돌아올게."

나는 민망하고 머쓱했지만 새끼손가락을 걸었다. 스물아홉 살과 쉰세 살 약속이었다.

독일 북부식 감자샐러드

재료(2인분)

· 점질감자 500그램
· 마요네즈 100그램
· 삶은 달걀 2개
· 양파 1/2개
· 통피클 3개
· 채소 육수 100밀리리터

· 식초 3큰술
· 올리브오일 2큰술
· 겨자 1큰술
· 생파슬리 적당량
· 소금·후춧가루 약간씩

01 냄비에 물과 소금을 넣은 후 끓인다. 물이 끓으면 씻은 감자를 뚜껑을 덮은 채로 25분간 익힌다. 감자가 속까지 부드러워졌는지 확인하고 꺼내서 식힌다.

02 양파, 통피클, 삶은 달걀을 깍둑썰기한다. 생파슬리는 취향만큼 다져서 준비한다.

03 냄비에 채소 육수를 넣고 끓이다 02의 양파를 넣고 3분 정도 더 끓인다. 이때 채소 육수가 없다면 물로 대체해도 된다.

04 03을 식히고 올리브오일, 식초, 겨자와 섞는다. 소금과 후춧가루로 간을 맞춘다.

05 01의 감자는 껍질을 벗기고 0.5센티미터 두께로 얇게 썬다. 감자가 미지근할 때 썰면 좋다.

06 04의 드레싱을 05의 감자 위에 붓고 섞은 상태로 20분 동안 상온에 둔다.

07 02의 피클과 달걀 그리고 마요네즈를 06에 섞고 또 20분 동안 상온에 둔다.

08 다져둔 생파슬리를 올려서 감자샐러드를 완성한다.

※독일에서는 주식이라고 할 만큼 자주 먹는 메뉴기 때문에 마트에 가면 종류별로 조리된 감자샐러드를 살 수 있다.

부지런한 해마

끔뻑끔뻑. 알람이 울리기 전에 눈을 뜨는 날이 잦아졌다. 베를린살이를 2년하고도 반년쯤 더 했을 때였다. 아침이면 기지개도 펴지 않고 잠든 적 없는 사람처럼 눈을 뜨고는 한참을 끔뻑거렸다. 눈앞에서 1미터도 되지 않게 가까운 거리의 천장은 가끔 숨이 막힐 정도로 고요했다.

의아했다. 왜 내가 여기 있지? '여기'는 때로 집이고, 도시고, 나라고, 삶이었다. 왜 이 집에? 왜 베를린에? 왜 독일에? 대체 왜 내가? 그보다 내가 뭔데? 마지막 질문은 항상 같았다. 아무 질문에도 답을 못 해 어리둥절해하고 있으면 알람이 울린다. 그럼 깊은 한숨을 쉬고, 알람을 끈 다음 침대에서 천천히 빠져나왔다. 침대 밖에서 나는 자주 깔깔 웃고 우스운 말을 했지만 속으로는 한없이 허무하고 공허했다. 언제부터라고 말할 수 없을 정도로 서서히 일어난 변화였다.

베를린에 첫발을 디뎠을 때 통장 잔고는 800만 원이었다. 3년 동안 회사 생활을 해서 모은 돈의 전부였다. 어림잡아 6개월은 어학에 집중할 수 있지 않을까 했던 생각은 오산이었다. 돈은 두 달 만에 반 토막이 났다. 석 달째부터 계획에 없던 돈벌이를 시작해야 했다. 일터는 한식 패스트푸드 전문점(세계적으로 덮밥이나 컵밥 패스트푸드 전문점이 생겨나던 시기였다. 베를린에도 간단한 메뉴를 빠르게 조리해 내놓는 식당이 몇몇 있다)이었는데 처음에는 미니잡을 하다가 나중엔 주 20시간 파트타임을, 그 후에는 주 40시간이 넘게 일하면서 오버타임을 쌓았다. 생활비도 생활비였지만 3년간의 직장 생활 후 베를린에 온 나는 어학의 재미보다는 돈을 버는 맛에 더 익숙했다. 자연스레 어학 대신 일에 몰두했다. 돈을 벌고 있으면 최소한 시간을 허투루 쓰고 있지 않는 것 같았다. 때로 아픈 사람을 대신해 오픈부터 마감까지 풀로 일하기도 했다. 과로했지만 뭔가 하고 있다는 안도감이 더 간절했다. 나는 1년 만에 매니저로 승진했다.

정신없이 일에 빠져 있다가 정신을 차리고 보니 나는 이

도 저도 아니었다. 유학에 대한 생각도 없고, 관심 있는 분
야에서 일하지도 않았다. 아우스빌둥은 흥미가 떨어진 지
오래였다. 프리랜서로 쓰는 글이라곤 두 달에 한 번 잡지에
'핫 플레이스'를 소개하는 한 페이지짜리 기획이 전부였다.

　한식당 매니저가 가장 명확한 직업이었는데 좋아하는 일
은 아니었다. 잡지 일을 같이한 동료가 베를린에서의 안부
를 물을 때면 나는 직장을 "한식당이긴 한데 사장이 독일인
이고 직원 구성이 다국적인 패스트푸드 전문점이다."라고
장황하게 설명했다. '베를린 간다고 호들갑 떨더니 결국 한
식당 주방에서 일하니?' 아무도 던진 적 없는 질문과 홀로
옥신각신했다.

　한식당의 동료에게는 전 직장에 대해 구구절절 말했다.
무슨 일을 했었냐는 상투적인 질문에 "음식잡지를 다니다
가 베를린에 왔고 지금도 음식잡지의 프리랜서로 일하고 있
다"고 상대를 붙들고 말했다. 이미 앞 다섯 글자에 흥미를
잃는 사람이 많았지만, 나는 마치 주문이라도 외우듯 끝까
지 답하고야 말았다. 나는 나에게도 남에게도 눈치가 빠른
사람이라 이 구질구질한 짓거리를 견디기 힘들었지만 그렇
다고 멈출 수도 없었다.

　"푸드 블로거시라면서요?"

마감 근무를 하고 간단히 맥주를 마시는 자리에서 내게 꽂힌 질문에 웃음이 터져버렸다. 내가 깔깔 웃자 동료끼리 눈빛을 주고받는 게 느껴졌다. 음식잡지 출신이라는 말이 돌고 돌아 푸드 블로거가 되어버린 모양새에 웃음을 멈추기 힘들었다. 나는 그때부터 잡지에서 일한 전력을 더 이상 말하지 않게 됐다.

명절이면 협업했던 셰프, 기자, 푸드스타일리스트, 요리연구가에게 빼놓지 않고 장문의 인사를 보내곤 했었다. 나를 잊지 말아달라는 몸부림이었다. 3년 차에 접어드니 답신이 드문드문했다. 아니, 막상 그렇지도 않았는데 드문드문하게 느껴졌다. 공상은 점점 몸집을 키워 상대가 내 얼굴도 기억하지 못할 거라는 비약에 이르렀다. 모순이었다. 잡지에 일하는 동안 어울리지 않은 옷을 입은 듯이 어색해했으면서, 막상 옷을 벗으려고 하니 발작처럼 몸부림을 치는 것이었다.

푸드 블로거 사건 이후 나는 빛 좋은 핑곗거리를 찾았다. 영주권이었다. 최소한 영주권이라도 얻는다면 베를린 생활의 정당성을 설명할 수 있을 듯했다. 일반 노동 비자로 일하는 경우 최소 60개월 동안 연금을 내야 영주권을 받을 수 있지만 나는 전공과 한식 요리기능사 자격증 덕에 숙련 노동자로 분류돼 48개월만 연금을 내도 영주권을 신청할 수 있었다. 나는 그때부터 영주권이 목표라고 나불댔다. 물론 "베를린에 계속 살 생각이야?"라는 질문에는 여전히 아무 대답도 하지 못했다.

"숭진, 나는 사실 포세이돈이야."

요나스는 사진을 들이밀며 나에게 말했다. 사진 속에는 조악한 인어 옷에 플라스틱 삼지창을 든 요나스가 얕은 물 위에 서 있었다. 장발의 갈색 가발은 끝이 뒤엉켜 누가 뒤에서 머리끄덩이를 당기고 있는 듯했다. 요나스 주변에 담배 연기 같은 자국이 군데군데 있었는데 사진에 묻은 얼룩인지 사진에 찍힌 연기인지 구별하기 어려웠다.

"이게 뭐야?"

"여름에 청소년 단체에서 봉사를 해. 나는 포세이돈 역할이야."

요나스는 자랑스럽게 말했다. 우스꽝스러운 사진에 자꾸만 눈이 갔다.

"숭진도 놀러 올래? 다음 주에 어린이 축제야?"

"쓰읍, 다음 주는 힘들겠어. 데이트 약속이 있거든."

나는 요나스의 제안을 거절할 때 항상 애인 핑계를 댔다.

"아쉽다. 포세이돈이 이름을 지어주는 행사가 있는데 엄청 재미있어. 내가 제일 좋아하는 행사야."

"이름을 지어준다고?"

"자, 봐봐 숭진. 우선 선생님이 아이들을 물가로 데리고 와."

요나스는 신이 나기 시작했다. 마치 눈앞에 그 장면이 펼쳐지기라도 하는 듯 눈을 반짝이면서 말을 이었다.

"나는 물가에 숨어서 아이들을 기다리고 있어. 물가 주변에 큰 나무가 있거든. 큰 나무 뒤에서 스모그 기계로 연기를 잔뜩 만들어. 그리고 짜잔, 내가 물과 연기를 가르면서 등장하지."

나는 사진 속 담배 연기의 정체를 알게 됐다.

"가끔 무서워서 우는 아이들도 있다니까. 하하하."

요나스는 뿌듯한 표정으로 사진을 들여다봤다.

"그리고 이름 지어주기 행사를 하는 거야. 아이들이 물에 발을 담그면 그때 새로운 이름을 지어주지."

"귀엽네."

"예를 들면 목소리가 작은 아이에겐 '나긋나긋한 꾀꼬리', 여유로운 아이에겐 '달리기가 빠른 나무늘보', 활발한 아이에겐 '지치지 않는 벌새' 같은 이름을 지어줘."

나는 뒤늦게 흥미가 생겼다.

"참 사려 깊다."

"아이들도 좋아해. 내가 무서워서 울던 아이도 이름을 지어주면 고맙다고 와서 포옹한다고. 얼마나 사랑스러워."

나는 다시 요나스의 사진을 들여다봤다. 아무리 봐도 조악해서 웃었다.

"숭진. 네 이름도 지어줄까?"

"좋지!"

요나스는 실눈을 뜨고 턱수염을 만지작거렸다. 입술을 쭈욱 빼고 "우우움" 하며 앓는 소리를 하더니 "아!" 하고 탄성을 냈다.

"부지런한 해마!"

"부지런한 해마?"

"숭진은 부지런한 해마네."

"근데 나 부지런하지 않은데……"

"숭진은 항상 일을 하잖아."

"아냐. 나 게을러."

요나스는 오른손을 이마 앞에 두고 흔들었다. '머리가 어떻게 됐냐?'는 의미다.

"너는 내가 만나는 사람 중에 가장 일을 많이 해. 어제는 열 시간 동안 일했다며. 게으른 사람은 그렇게 못 해. 넌 부지런한 거야.”

나는 요나스에게 많은 한국인이 그렇게 일한다고 말을 하려다가 말았다.

“그럼 왜 해마야?”

“해마는 암컷이 임신을 하지 않아. 수컷이 임신해.”

“그래?”

“숭진하고 닮았잖아. 강한 여자!”

약간 애매한 설명에도 불구하고 새로운 이름이 마음에 들었다.

방에 들어와서 해마 문신 도안을 검색했다. 왼쪽 팔 바깥쪽이나 팔뚝 안쪽에 문신을 한 모습을 상상했다. 귀 뒤부터 목까지 이어지게 해마를 그려도 예쁠 것 같았다. 침대에 누워 뒹굴뒹굴 마음에 드는 도안을 고르다가 잠에 들었다. 그때로부터 지금까지 4년이 흘렀지만 아직도 마음에 드는 도안을 고르지 못해 타투가 없다는 점은 조금 머쓱한 진실이다.

요나스의 간단 요리,
크림치즈 버섯

재료

· 양송이버섯 8알
· 크림치즈 150그램

· 올리브오일 적당량
· 소금·후춧가루 약간씩

만드는 법

01 올리브오일을 두른 팬을 중약불로 달군다.

02 양송이버섯을 머리와 기둥을 분리한다.

03 02의 머리는 동그란 부분이 아래로 가게 뒤집어 01의 팬 위에 올린다. 기둥 부분은 빈 공간에 올려서 같이 굽는다.

04 머리에 크림치즈를 한 숟갈씩 떠서 기둥이 있던 파인 홀에 넣는다.

05 버섯 위에 전체적으로 소금과 후춧가루를 뿌린다.

06 버섯이 충분히 익었으면 그릇에 담아 완성한다.

- -

※크림치즈 맛은 취향껏 골라서 요리하면 된다. 개인적으로는 매콤한 맛 크림치즈를 추천한다.

드디어 캠핑

요나스는 나와 어울리기를 좋아했다. 좋아해도 너무 좋아했다. 나는 레스토랑 매니저 일과 한국 잡지에 원고를 써 보내는 일을 함께하고 있어 쉬는 시간이 태부족했다. 독일어도 지겹고 대답하기도 귀찮았다. 나는 가만히 혼자 누워 시간을 흘려보내고 싶었다. 요나스가 던지는 제안을 요리조리 피했다. 웬만한 약속은 일, 건강, 애인 핑계로 넘길 수 있었다. 문제는 캠핑카로의 초대였다. 초대를 받은 1년 내내 거절만 하다 보니 이제 더는 미루기 멋쩍은 지경에 이르렀다.

"이번 주말에 캠핑카에 놀러 갈게."

"진짜로? 진짜로? 숭진? 진짜?"

"응. 친구 데려가도 돼?"

"당연하지! 다 오라고 해."

신난 요나스를 보니 새삼 부담스러웠다. 나는 한국인 직장 동료끼리 만든 단체 채팅방에 캠핑 초대 메시지를 보냈다. 나와 친하든 안 친하든 별로 상관없었다. 그냥 아무나 같이 가서 나 대신 요나스를 상대했으면 좋겠다는 마음뿐이었다. 또래 여성 동료 셋이 관심을 보였다. 나는 안도의 한숨을 쉬었다.

요나스의 캠핑장은 베를린 외곽에 있어 전철을 타고도 갈 수 있었다. 대낮인데도 역에는 사람이 단 한 명도 없었다. 고즈넉한 역이 예뻐서 동료와 사진을 여러 장 찍었다. 역 주변 슈퍼마켓에서 장을 봤다. 캠핑장까지는 30분을 내리 걸어야 했다.

걷는 일은 어렵지 않았다. 말 그대로 일직선으로 쭉 뻗은 일차선 도로를 따라 인도로 걸으면 됐는데 왼쪽은 잔디밭, 오른쪽은 숲이라 걷는 맛이 났다. 지나가는 자동차도 거의 없었다. 우린 힘차게 걷고 또 걸었다. 정작 캠핑장에 가까워져서는 입구를 찾는 데 잠시 애를 먹었다. 길을 따라 숲속에서 두리번거리고 있으니 멀리 있던 한 남자가 망설이다가 다가왔다.

"요나스 친구?"

우린 고개를 끄덕였다. 남자는 캠핑카가 몰려 있는 곳을 가리키며 안쪽으로 들어가라고 했다. 어떻게 요나스 친구인지 알았을까 찜찜하긴 했지만 짐이 무거워서 그러려니 했다.

독일인은 정원 꾸미기를 참 좋아한다. 그만큼 예쁜 정원도 많다. 프랑스나 이탈리아처럼 화려하고 고풍스러운 아름다움은 아니다. 대신 거칠면서도 깔끔하고, 자연의 모습을 그대로 살리면서도 구석구석 사람의 손길이 닿아 있다. 요나스네 캠핑장도 마찬가지였다. 장기 숙박하는 캠핑카 앞에는 작은 독일식 정원이 군데군데 놓였고, 빈티지 가구와 소품이 예상치 못한 위치에 있었다. 이를테면 캠핑카 창문 위에 올려두거나, 다른 캠핑카와의 분리벽 옆에 매달아 놓거나 하는 식이었다. 한국 캠핑장에서 볼 수 있는 신상 캠핑용품은 찾아보기 힘들었다.

끙끙거리면서 수많은 캠핑카를 지나치는데 우리를 보는 사람마다 손가락으로 한 방향을 가리켰다. 요나스의 캠핑카가 저기 있다는 말이다. 나는 고맙다고 인사를 하면서도 여전히 찜찜했다.

"숭진! 여기, 여기야!"

짐을 내려놓자마자 동료에게서 탄성이 터져 나왔다. 아

무리 걷기 좋은 길이어도 거의 40분을 넘게 걸었으니 그럴 만도 했다. 요나스는 잘 왔다고 우리를 반겼다. 나는 캠핑장 이웃이 묻지도 않았는데 요나스에게 안내해준 일을 얘기했다. 요나스는 인상을 쓰고 짜증을 냈다.

"참견꾼 같으니. 하여튼 남 일에 관심이 많아."

요나스는 캠핑장 이웃을 크바쳐(Quatscher, 헛소리를 늘어놓는 사람)라고 했다. 나이 든 독일인이 많아서 아시아인이 오면 죄다 요나스의 손님이라고 생각한다는 얘기였다. 전에는 웬 베트남 여자 둘을 요나스 캠핑카로 안내해 서로 황당해했던 적도 있다고 했다. 우리는 다 같이 웃었다.

요나스의 캠핑카는 기대보다 훨씬 좋았다. 요나스는 낡고 작은 캠핑카를 가지고 있었는데 우연한 기회에 저렴하고 내부가 널찍한 중고 대형 캠핑카를 양도받았다고 한다. 옷과 잡동사니가 곳곳에 널브러져 있는 게 역시나 요나스의 공간다웠다. 캠핑카 앞에는 커다랗게 텐트를 쳐 마당 겸 쉴 공간이 있었다. 요나스는 5분 거리에 넓은 호수가 있다며 내일 오전에 다 같이 수영을 하면 된다고 했다. 숨을 돌리니 허기가 일어 우리는 이른 저녁을 먹기로 했다.

저녁 메뉴는 바비큐였다. 독일에서는 야외에서 그릴에 음식을 구워 먹는 행위를 그릴렌(Grillen)이라고 하는데 쉽게 말하면 바비큐다. 여름이 오면 한 번은 먹어야 하는 이벤트로 슈퍼마켓에도 바비큐 용품과 재료가 줄지어 놓인다. 여름이면 발코니, 공원, 정원, 캠핑장 등에 모여 바비큐를 하는 모임을 쉽게 볼 수 있다. 집이나 정원의 계약서에 바비큐 금지 조항이 있고 공원에는 바비큐 가능 구역이 따로 있을 정도로 그릴렌은 독일인에게 중요한 주제다.

뭘 굽느냐는 중요하지 않다. 채식주의자가 많은 독일에서는 더욱 그렇다. 버섯, 아스파라거스, 파프리카 같은 채소부터 부어스트, 치즈, 생고기, 양념 고기 등 원하는 음식을 그릴에 올려서 구워 먹으면 그만이다. 종교적인 이유로 할랄 음식을 먹어야 하면 할랄 식재료를 사 오면 된다. 다양한 사람이 삼삼오오 모여 취향껏 구워 먹는 행위가 중요한 것이다.

요나스의 캠핑카 앞 공터에 테이블과 그릴을 설치하고 주방에서는 그릇과 채소를 씻었다. 나는 주방을 맡았는데 그릇 곳곳에 쥐똥이 있었다. 나는 팍 짜증이 났지만 혹시 동료가 발견할까 봐 두려워 그릇을 물로 대충 씻고 쥐똥을 바닥에 버렸다. 씻은 접시는 한쪽에 밀어두고 일회용 접시를 뜯었다. 요나스는 일회용 접시를 내켜하지 않았지만 나는 접시가 있는 줄 몰랐다며 별수 없는 척했다.

손님들의 직장이 요식업이다 보니 준비는 일사천리로 이루어졌다. 요나스는 우리의 속도를 따라오지 못해 허둥지둥했다. 우린 독일식으로 양념한 돼지 목살 스테이크와 그릴용 치즈, 옥수수, 미니 파프리카, 가지, 주키니, 쌈 채소 등으로 한 상 가득 차렸다. 동료 중 한 명이 직접 담근 김치도 가져와 박수를 받았다. 쌈장도 당연히 챙겨왔다.

한 손에 좋아하는 맥주를 한 병씩 들고 건배를 했다. 독일에서는 건배를 프로스트(Prost)라고 한다. 건배할 때는 서로 눈을 쳐다보는 게 예의인데, 그렇지 않으면 7년간 섹스를 못 한다는 속설이 있다.

돼지 목살은 두 가지 양념이 있었는데 빨간색은 파프리카 가루였고 초록색은 바질, 오레가노, 파슬리 같은 초록 향신료였다. 마트에 가면 쉽게 살 수 있다. 내 입맛에는 영 짰다. 다른 동료들도 돼지고기 한 점에 각종 채소를 올려 겨우 먹었다. 그릴용 치즈는 할루미(Halloumi) 치즈였는데 녹는 점이 높아서 굽거나 튀겨 먹기 좋은 치즈였다. 특유의 뽀득뽀득하고 탱글탱글한 맛이 좋았다.

바비큐의 꽃은 의외로 구이용 초록색 미니 파프리카였다. 짧고 통통한 모양의 고추였는데 스페인에서는 파트론 고추(Pimientos de Padron)라고 불린다. 불에 그을릴 정도로 익히면 겉껍질에서는 감칠맛이 터지고 촉촉한 속에서는 달큰한 맛이 난다. 고추 위에 투박하게 뿌린 굵은소금은 완벽한 마침표다. 요나스가 추천한 메뉴였는데 모두 감탄하며 한 개씩 집어 먹었다.

저녁 식사가 끝나고도 식은 바비큐를 앞에 두고 오랫동안 맥주를 마셨다. 나는 중간중간 동료들의 얼굴을 확인했다. 액받이 무녀마냥 요나스의 관심 받이로 그들을 세웠다는 죄책감 때문이었다. 다행히 크게 불편해 보이는 사람은 없었다. 노을이 질 때쯤 요나스는 우리의 잠자리를 만들어주고 눈치껏 자리를 피했다. 덕분에 우린 편하게 한국어로 얘기할 수 있었다. 해는 금방 넘어갔다. 우린 램프 하나를 사이에 두고 끝없이 수다를 떨었다.

"와, 언니. 저 하늘 좀 봐요."

나이가 가장 어린 동료의 말을 따라 하늘을 쳐다봤다. 시커먼 하늘 곳곳에 별이 박혀 있었다. 옅게 은하수의 흔적도 보였다. 하늘이 쏟아져 나를 삼키는 기분이 들었다. 이상한 경험이었다. 우주 앞에서 무릎을 꿇고 울고 싶었다. 그러면 우주가 아무 말도 없이 세상에서 가장 고요한 공간으로 데려가줄 것 같았다.

"별이 너무 많으니까 오히려 좀 외로운데요?"

동료의 말에 우린 잠시 말이 없다가 감탄하다가 다시 말이 없어졌다.

해가 지자 급속도로 쌀쌀해졌다. 여름의 끝자락이어서 더욱 그랬다. 텐트와 침낭도 땅에서 올라오는 한기를 막지 못해 벌벌 떨며 서로에게 꼭 붙어서 잤다. 추위에 선잠 자고 일어나서는 서로의 푸석푸석한 얼굴에 웃음을 터트렸다. 오전이 되어서 요나스가 말한 대로 호숫가로 갔다. 고운 모래가 깔린 호숫가였다. 발로 모래를 밟으면 발가락 사이로 보드라운 모래알이 스르륵 삐져나왔다. 호수에는 우리 빼고 다른 한 그룹만 있었다. 요나스는 헐렁한 삼각 수영복을 입고 있었는데 나는 왠지 신경 쓰여서 괜히 한국말로 한마디 했다.

"삼각 수영복 클라스. 흐흐."

막상 동료들은 요나스의 수영복에 별로 관심이 없었다.

우린 호숫가에 돗자리를 펴고 앉아 햇살을 맞다가 튜브를 불어 호수로 나갔다. 수영을 못하는 동료 둘이 튜브에 타고 내가 물장구를 쳐 호수 안쪽으로 끌고 나갔다. 파닥파닥 호수를 떠다니다 허리쯤 되는 깊이에 자리 잡고 서로 물을 튕기며 놀았다. 동료 중 연장자인 언니의 입술이 보라색이 되고 나서야 서둘러 물 밖으로 나갔다. 언니는 그 와중에도 괜찮다고 떼를 썼다. 물 밖으로 나온 언니는 이를 딱딱 부딪칠 정도로 떨면서도 더 놀지 못해 아쉬워했다.

점심으로 라면을 끓여 먹고 요나스와 작별 인사를 했다. 다음에 또 놀러 오라는 요나스의 말에 모두 그러겠다며 인사했다. 나는 동료들이 빈말한다고 확신했다. 캠핑장에서 역까지 행군이 다시 시작됐다. 하루 동안의 피로가 밀려와 다들 연신 하품을 했다.

"근데 진짜로 다음 여름에 또 놀러 오면 좋겠다."

연장자 언니가 말했다.

"저도 올래요."

다른 동료도 말했다.

"성진아, 초대해줘서 고마워. 진짜 재미있었어."

"맞아. 또 오자. 또 오자!"

나는 얼떨결에 그러자고 답했다. 캠핑장에서 있었던 일을 신이 나서 곱씹는 동료 사이에서 나는 끝까지 어리둥절할 뿐이었다.

구운 페트론 고추

재료

· 페트론 고추 10알
· 굵은소금 적당량
· 올리브오일 약간

01 페트론 고추를 물로 씻은 후
    물기를 제거해 준비한다.

02 팬이나 그릴에 올리브오일을
    두르고 기름에 줄무늬가 생
    길 정도로 가열한다.

03 02에 준비한 페트론 고추를
    올린다. 올리자마자 '치지직'
    하는 소리가 나야 한다.

04 고추가 살짝 숨이 죽으면서
    사방으로 잘 그을리면 접시에
    담는다. 고추를 너무 익히면
    쓴맛이 나니 주의해야 한다.

05 04에 굵은소금을 솔솔 뿌려서
    완성한다. 바로 먹지 않으면
    고추가 축축해져 모양이 무너
    지는데 맛에는 지장이 없다.

- - - - - - - - - - - - - - - - -
※스페인의 타파스 메뉴이기도 한
구운 페트론 고추는 빵과 와인에
곁들여 먹기도 한다. 완성 후 올리
브오일을 한 바퀴 둘러 빵에 올려
먹어도 맛있다.

크리스마스 호들갑

    독일에서는 11월 말부터 바이나흐트(Weihnacht)로 호들
갑이다. 바이나흐트는 크리스마스를 뜻하는 독일어다. 12월
도 되기 전에 백화점에는 대형 트리가 세워지고 광장에는
바이나흐츠막트(Weihnachtsmarkt, 크리스마스 마켓)가 열린
다. 이웃끼리는 발코니 꾸미기로 보이지 않는 기 싸움을 하
기도 한다.

    독일에는 아드벤츠크란츠(Adventskranz)라는 크리스마스
전통이 있다. 네 개의 촛대로 이루어진 아드벤츠크란츠는
크리스마스 4주 전 일요일부터 매주 하나씩 촛불을 켜 예수
의 탄생을 기념한다. 4주 내내 유난을 떠는 독일에 걸맞은
전통이다. 요나스 역시 그 기간 아드벤츠크란츠에 불을 붙

였다. 이것은 요나스가 매주 촛불에 불을 붙일 때마다 일어
난 일이다.

~첫 번째 촛불~

요나스는 매년 크리스마스에 직접 만든 카드를 돌렸다.
나는 루돌프를 타고 있는 요나스가 인쇄된 카드를 전해 크
리스마스에 받았다. 산타클로스 몸에 어설프게 얼굴이 합성
된 카드였다. 카드에는 파티에 초대한다는 내용이 적혀 있
었다. 말하자면 크리스마스카드이자 초대장이었다.

요나스는 올해 초대장을 만들기 위한 기가 막힌 아이디어
가 있다고 말했다.

"우리가 같이 카드를 만드는 거야!"

"아?"

나는 동의한 적 없는 아이디어였다.

"이번 카드는 종이가 아니고 비디오야. 우리가 주인공인
짧은 영상! 어때, 흥미롭지?"

나는 황당했다. 귀찮기도 했다. 하지만 생각해보니 좋은
아이디어 같았다. 엄마가 분명 좋아할 선물이 아닌가. 타지
에 사는 외동딸로서 엄마에게 그럴듯한 선물 한 번 해준 적
없었다. 나는 흔쾌히 제안을 받아들였다.

다음 날 노크 소리에 문을 여니 요나스가 종이를 들고 있었다. 대본이라며 나에게 건넸다. 크리스마스 파티도 준비해야 하니 시간이 없다는 말도 덧붙였다.

#1 방문 앞

성진 (두리번거리며) 산타클로스가 여기에 산다는 말을 들었는데…… 한번 노크해봐야겠다. (노크를 하며) 계세요? 계세요? 여기에 산타클로스가 사나요?

노크 소리를 듣고 일상복을 입은 요나스가 문을 열고 나온다.

성진 산타클로스가 이곳에 사나요?

요나스 산타클로스는 여기 살지 않아.

성진 정말 이곳에 살지 않나요?

요나스 응, 북쪽에 살고 있어.

#2 방 안

성진 그는 분명 여기 살고 있어. (방 한쪽에 별 모양 전

등이 빛나고 있다) 별이 빛나고 있잖아. (문밖에
서 인기척이 난다) 문밖에서 엿보고 있는 사람은
누구지? 산타클로스 코트였는데?

#3 다른 방 안

요나스가 산타클로스 분장을 하고 기타를 치고 있다.

성진   오! 찾았다.

요나스   안녕.

성진   안녕하세요!

요나스   나를 찾고 있었니?

성진   당신이 진짜 산타클로스인가요?

요나스   그래, 내가 진짜 산타클로스야.

성진   우리 엄마를 위해 노래 한 곡 불러줄래요?

요나스   기꺼이!

카메라가 요나스와 창문의 별 모양 전등, 촛대를 차례대
로 찍는다.

#4 클로즈업

성진과 요나스   메리 크리스마스!

바로 그날 저녁 우린 영상을 만들기 시작했다. 요나스가 성화였다. 요나스와 나는 열연을 했고, 요나스가 연출과 대본을 도맡은 만큼 영상 편집은 내가 맡았다. 완성된 영상을 보여줬을 때 요나스는 조용하게 "내가 말한 게 바로 이거야"라고 중얼거렸다. 내가 보기엔 2000년대 초반 UCC 영상 같았지만, 요나스가 만족한다면 나도 만족이었다.

영상 초대장의 효과는 엄청났다. 요나스의 친구들이 죄다 이메일로 '멋진 동영상'이라면서 답장을 보내왔다. 나는 쑥스러우면서도 기분이 좋았다. 엄마도 영상을 보고 무척 좋아했다. 요나스도 영상 얘기를 하며 며칠을 들떠 했다.

~두 번째 촛불~

12월 초가 되자 요나스는 흥분을 감추지 못했다. 크리스마스 마켓에 스케이트를 타러 가야 한다는 것이었다. 독일인들은 참 스케이트를 좋아한다. 일전에도 요나스, 일리아스, 니키와 스케이트를 타러 간 적이 있다. 능숙하게 스케이트를 타는 요나스와 일리아스는 두 마리 바다표범 같았다. 뽈록 튀어나온 뱃살이 무색하게 어찌나 쌩쌩 달리던지 둘을 따라잡느라 혼났다. 우리나라의 겨울에 썰매가 있다면 독일에는 스케이트가 있는 듯했다.

요나스를 따라 크리스마스 마켓에 갔다. 베를린의 대표적인 관광지인 알렉산더플라츠(Alexanderplatz)에 있었는데 다른 마켓과 비슷한 모양새였지만 조금 더 관광객이 많았다. 베를린의 상징인 TV타워(TV-Turm) 옆 커다랗게 세워 놓은 관람차도 눈에 띄었다. 입장료가 있는 점도 놀라웠는데 아니나 다를까 요나스가 혀를 끌끌 찼다.

"세상에, 세상에, 세상에. 마켓 입장에 2유로를 써야 한다니."

마켓을 빼곡하게 채운 음식점을 볼 때도 마찬가지였다. 메뉴 이름과 가격을 번갈아 말하면서 기막혀하기 바빴다. 나는 양송이버섯, 요나스는 그륀코올(grünkohl)을 먹기로 했다. 크리스마스 마켓에서 빠지지 않는 메뉴로 커다란 솥에 오래 끓여서 내는 음식이었다.

양송이버섯은 뭉근히 끓여서 버섯 향이 진하고, 다른 독일 음식과 다르게 짜지 않아서 좋아하는 메뉴였다. 뜨끈하면서도 탱글탱글한 양송이버섯이 촉촉하게 속을 달랬다. 마요네즈 범벅인 마늘소스를 같이 주기도 하는데 맛이 강해서 버섯만 먹는 쪽을 좋아했다. 그륀코올은 케일을 뜻하는 독일어다. 케일을 오래 끓여서 걸쭉하게 만들었는데 맛이 꼭 우거지 같아 낯설지가 않다. 다만 간이 세 우거지처럼 먹기는 어렵다. 보통 부어스트, 그중에서도 크나커와 곁들여 먹는다.

배를 채우고 나서는 향신료를 넣고 끓인 따뜻한 글뤼바인(Glühwein)을 손에 쥐고 마켓을 돌았다. 수공예나 지역 특산물 상점이 많았는데 그중 가장 인기가 있는 곳은 단연 드레스덴 슈톨렌(Dresdner Stollen) 가게였다. 크리스마스 시즌을 대표하는 독일 빵 슈톨렌은 인기만큼 종류가 다양하지만, 으뜸은 단연 드레스덴 슈톨렌이다.

드레스덴에는 슈톨렌의 품질과 맛을 매년 검수하는 슈톨렌 보호 협회(Schutzverband Dresdner Stollen e. V.)가 있는데 협회의 기준 점수를 획득하지 못하면 '드레스덴 슈톨렌'이라는 이름을 사용할 수 없다. 실제로 드레스덴 슈톨렌은 유독 맛있다. 겉모습은 투박하지만 촉촉하고 말린 과일의 향이 은은하게 곳곳에 스며들어 있다. 묵직한 단맛에 차나 커피랑 먹기에 좋다. 꾸미지 않았는데 맛이 좋아 기분 좋은 음식이다.

줄이 늘어설 정도로 붐비는 가게를 비집고 들어가 크리스마스 파티에 쓸 커다란 드레스덴 슈톨렌 하나를 샀다. 요나스가 마치판(Marzipan)이 들어간 슈톨렌을 고르려고 하길래 그를 막고 진지하게 경고했다.

"나 마치판 못 먹어. 마치판은 절대 안 돼."

마치판은 아몬드와 아몬드 가루, 달걀흰자, 설탕 등을 이용해 만드는 달콤한 반죽인데 독일에서는 초콜릿이나 빵에 넣어 파는 경우가 많다. 주변에서 마치판을 좋아하는 한국인은 본 적 없을 정도로 낯선 맛이다. 마치판에 넣는 장미수 향 때문인 것 같은데, 내 입맛에는 음식에서 나서는 안 되는 향이다.

마치판이 빠진 슈톨렌을 들고 마켓 한가운데 있는 작은 스케이트장에 도착했다. 농구 코트 크기의 스케이트 링크에 인파가 바글바글했다.

"오, 안 돼."

"사람이 많긴 하네."

"스케이트를 타고 싶었는데!"

"네가 원하면 탈 수 있지."

"아니야. 괜찮아."

말만 괜찮다고 하고 풀이 죽은 요나스는 터벅터벅 마켓

을 걸었다. 뜬금없이 설탕 코팅이 된 사과를 먹겠다는 요나스를 겨우 말리고 집으로 돌아왔다. 어째서인지 요나스의 보호자가 된 듯한 하루였다.

~세 번째 촛불~

요나스는 아침부터 산타클로스 옷을 곱게 다려 가짜 수염과 함께 문 앞에 걸어놨다. 유치원에 산타클로스 아르바이트를 하러 가는 날이었다. 겨울이면 요나스는 유치원과 지역 행사를 돌며 산타클로스를 연기하곤 했다. 요나스는 자신이 가장 사랑하는 일이라며 자주 애정을 드러냈다. 이번엔 나도 요나스를 따라가기로 했다. 마침 쉬는 날이기도 했고, 요나스의 간절한 초대 때문이기도 했다.

유치원은 집에서 한 블록 거리였다. 오며 가며 보던 장소라 낯설지 않았다. 산타 복장을 한 요나스와 구경꾼 신분의 내가 도착했을 때 아이들은 수업을 듣고 있었다. 요나스는 아이들의 눈에 띄지 않게 몰래 유치원 뒤편으로 가 기타를 준비했다. 창문 너머로 몇몇 아이들이 나를 쳐다봐 나는 괜히 딴청을 피우며 어슬렁거렸다.

요나스의 오케이 사인과 함께 아이들이 쏟아져 나왔다. 산타클로스를 발견한 아이들은 탄성을 터트렸다. 내 눈에 요나스는 가짜인 걸 숨길 생각도 없이 어설픈 빨간 천을 둘러쓰고 조악한 수염을 걸친 아저씨처럼 보였다. 하지만 아이들 눈에는 요나스가 영락없는 산타클로스로 보이는 듯했다. 아이들은 요나스를 둘러싸고 그의 말을 경청했다.

요나스는 아이들과 한 명 한 명 빠짐없이 인사했다. 아이들은 요나스에게 귓속말로 소원을 빌었는데 어떤 아이는 자기가 부모님의 말을 안 들었다며 울음을 터트리기도 했다. 나는 아이가 너무 귀여워서 견디기가 힘들었다. 다음 순서는 요나스의 기타 연주였다. 요나스는 세 곡의 크리스마스 캐럴을 불렀다. 그는 노래를 잘하지 못했지만 기타는 곧잘 쳤다. 나는 아이들과 함께 요나스의 기타 연주에 맞춰 캐럴을 따라 불렀다.

행사는 한 시간도 되지 않아 끝났다. 아이들은 끝까지 요나스를 쫓아오면서 인사했다. 요나스는 모두와 악수하고 내년 겨울에 다시 만나자고 했다. 나는 요나스를 따라 오기를 잘했다고 생각했다.

우리는 행사가 끝나고 집에서 가까운 슈퍼마켓 레베에 갔다. 다음 주에 있을 크리스마스 파티 준비를 해야 했다. 요나스는 평상복으로 갈아입으니 어색한 기분이라고 했다. 나는 그에게 "알고 보면 네가 진짜 산타클로스일 수도 있어”라고 장난을 쳤다. 요나스는 껄껄 웃었다. 그때 한 꼬마가 우리에게 다가왔다. 금발의 남자아이였다. 아이는 요나스를 뚫어져라 쳐다봤다.

"저기요."

"응?"

"산타클로스 아니에요?"

유치원에서 봤던 아이란 걸 깨닫고 나는 엄청나게 당황했다. 들켰다는 생각 때문이었다. 반면에 요나스는 침착하게 무릎을 굽히고 꼬마와 시선을 맞췄다.

"왜 그렇게 생각했어?"

"산타클로스랑 같은 신발을 신었어요."

"그래?"

요나스는 아이에게 빙긋 웃고는 조용히 속삭였다.

"나는 이따가 산타 마을에 선물을 준비하러 가야 하거든? 그래서 장을 보고 있어. 혹시 이 일을 비밀로 해줄 수 있을까?"

아이도 요나스를 따라 빙긋 웃으며 고개를 끄덕거렸다. 요나스는 아이에게 '쉿'이라고 하면서 윙크했다. 아이는 다시 한번 고개를 끄덕이고 가족이 있는 곳으로 달려갔다. 아이의 뒷모습을 지켜보던 요나스는 나를 쳐다보고는 뿌듯하게 웃어 보였다.

~네 번째 촛불~

드디어 크리스마스 파티 날이 되었다. 알람이 울리기도 전에 요나스가 소란을 피워서 잠에서 깼다. 거실에 나가보니 집을 온통 헤집는 중이었다. 거실 한가운데 있던 책상은 구석으로 갔고 청소기는 바닥에 널브러져 있었다. 기가 막힌 얼굴로 문 앞에 서니 요나스가 나를 쳐다봤다.

"좋은 아침!"

나는 억지로 웃음을 짓고 손을 흔들었다. 요나스를 쳐다봐야 하는데 자꾸만 청소기에 눈이 갔다. 청소기의 손잡이와 몸통에는 못해도 0.5센티미터는 되어 보이는 먼지가 쌓여 있었다. 더러운 청소기로 방을 깨끗하게 만든다는 요나스의 말이 모순처럼 들려서 어이가 없었다. 도와주겠다고 말하려다 도저히 엄두가 나지 않았다.

"나는 오늘 집 청소할 거야. 이따가 파티를 해야 하니까!"

"내가 도와줬으면 좋겠어?"

예의상 한 말이지만 혹시라도 냉큼 도와달라고 할까 봐 긴장됐다.

236

"아니. 금방 할 수 있어!"

다행이었다. 나는 방으로 들어가서 침대에 다시 누웠다. 저녁에 밀려들 손님을 위해 에너지를 아껴야 했다. 잠깐 스마트폰을 하다가 잠들었고, 저녁까지 내리 잤다. 약속 시간 30분 전이 되어서야 화들짝하고 침대에서 일어났다.

방문을 열자 분명 우리 집인데 평소와는 딴판이었다. 복도와 부엌은 깔끔하게 정리되었고 바닥에도 먼지 한 톨 없었다. 거실은 더 놀라웠다. 크리스마스트리가 화려하게 빛났고, 거실 한복판에 놓인 테이블 위에는 5단짜리 커다란 크리스마스 촛대가 놓여 있었다. 요나스가 부엌에서 글뤼바인을 들고 왔다.

"글뤼바인?"

얼이 빠져서 글뤼바인을 받아 드니 요나스가 자랑스러운 표정을 지었다.

"어때. 멋지지?"

"요나스, 이게 다 뭐야. 진짜 예뻐."

감탄할 새도 없이 현관 벨이 울리기 시작했다. 손님이 도착했다는 뜻이었다. 방은 금세 붐볐다. 요나스가 부른 친구만 여덟 명이 넘었다. 우린 거실 테이블에 둘러앉았다. 사람들 앞에는 글뤼바인 한 잔과 슈톨렌 한 조각이 놓였다. 글뤼바인이랑 슈톨렌을 먹으니 너무 달아 몰래 물로 입을 헹궜다. 나 빼고 다른 사람들은 아무 문제가 없는 듯 보였다.

요나스의 절친 중 한 명인 일레인이 접시 위에 웬 초콜릿 덩어리를 들고 왔다. 일레인은 레즈비언이란 점을 앞세워 나와 공감대를 만들려고 시도했다. 시작은 나쁘지 않았지만 중간에 그가 김정은 얘기를 꺼내 급격히 어색해진 적이 있다.

"내가 차가운 개(Kalter Hund)를 만들었지."

일레인의 말에 나는 잠시 귀를 의심했다. 접시에는 커다란 초콜릿 덩어리만 있을 뿐이었다.

"개라고?"

내 말에 모두가 웃음을 터트렸다.

"아, 성진. 진짜 개는 아니고 케이크 이름이야. 차가운 개."

"무슨 이름이 그래."

"나도 왜 차가운 개인지는 모르겠어. 하하."

"차갑게 먹는 음식이라 그래. 강아지 주둥이를 닮아서 개라고 하는 거고."

요나스와 직장 동료이자 척척박사인 안드레아가 일레인을 도와 케이크를 썰며 말했다. 초콜릿 덩어리 속에는 켜켜이 쌓인 비스킷 층이 있었다. 일레인은 먹어보라며 포크를 건넸다. 나는 포크로 차가운 개를 썰었다. 초콜릿은 부서지지 않을 정도로 부드러운 동시에 모양이 흩어지지 않을 정도로 단단했다. 초콜릿 안에 있는 쿠키는 포크로도 깔끔하게 잘렸다. 입에 쏙 넣으니 혀끝과 콧방울이 타들어가는 듯했다. 나는 인상을 썼다.

"으윽!"

"아! 맞다. 내가 위스키를 넣었어."

일레인은 뒤늦게 놀라서 말했다. 나는 모든 맛을 집어삼킨 독주 향에 얼굴이 시뻘게졌다.

"하하. 숭진, 괜찮아?"

"괜찮아. 술이 들어갔을 줄은 몰랐네."

나는 손으로 따봉을 만들고 차가운 개를 한 입 더 먹었다. 술이 들어간 줄 알고 먹으니 맛이 한결 나았다. 오히려 단맛이 중화돼 덜 질렸다. 일레인은 크리스마스 디저트 중 차가운 개가 제일 좋다고 했다. 술이 들어 있지 않은 버전도 맛을 봤는데 초콜릿과 비스킷의 조합이 호불호가 있을 수 없는 맛이었다.

파티는 길어졌다. 나를 뺀 모두가 독일인이었기에 술이 들어갈수록 인정사정없는 속도의 독일어를 구사하기 시작했다. 대화 주제는 거리 이름 얘기, 마트 음식 가격 얘기 같은 재미도 감흥도 없는 것뿐이었다. 모두가 술에 얼큰하게 취했을 때는 동독 시절에 대한 얘기를 시작했는데 모르는 단어가 너무 많아 무슨 주제인지조차 이해하지 못했다. 영혼이 빠져나간 나를 발견한 일리아스가 다가와 귓속말로 피곤하면 방에 들어가서 쉬어도 된다고 했다. 나는 지친 표정으로 고개를 끄덕거리고 손을 흔들면서 모두에게 작별인사를 했다.

"프로에 바이나흐텐(Frohe Weilhnachten, 즐거운 크리스마스)."

차가운 개

재료

- 코팅용 초콜릿 600그램
- 코코넛오일 150그램
- 휘핑크림 200그램
- 바닐라 설탕 20그램
- 버터 비스킷 270그램

01 베이킹 페이퍼를 빵틀(30센티미터×13센티미터)에 맞게 깐다.

02 코팅용 초콜릿이 잘 녹을 수 있게 잘게 잘라 준비한다.

03 초콜릿이 충분히 녹을 수 있게 중탕한다. 초콜릿이 녹기 시작하면 코코넛오일을 넣고 잘 섞는다.

04 03이 묽게 녹았으면 휘핑크림을 넣고 부드럽게 젓는다. 초콜릿 크림이 됐으면 바닐라 설탕을 넣어 녹인다.

05 01의 빵틀에 버터 비스킷을 한 겹 깐 후 비스킷이 덮일 때까지 초콜릿을 충분히 붓는다.

06 준비한 비스킷을 모두 사용할 때까지 05의 과정을 반복한다.

07 베이킹 페이퍼로 06을 덮고 냉장고에서 다섯 시간 이상 굳힌다.

08 완성한 차가운 개는 얇게 잘라서 접시에 낸다.

- -

※술을 넣고 싶다면 04에서 럼주 4큰술을 넣는다.

다툼 그리고 이사

어떤 일은 일사천리로 진행되기도 한다. 요나스 집에서
나오는 일이 그랬다.

일은 새 노동 비자를 구하면서 시작되었다. 비자를 연장
하기 위해서는 몇 가지 서류가 필요했다. 새 계약서, 거주
증명서, 지난 3개월 동안 낸 집세에 대한 영수증…… 요나
스는 항상 수기로 영수증을 써줬는데 여차하면 까먹고 달을
넘기기도 했다. 비자를 받는 달에도 영수증을 받지 못해 요
나스에게 말하니 영수증과 웬 종이를 가지고 나왔다. 임차
인 자기소개서(Mieterselbstauskunft)라고 적힌 서류였다.

"이게 뭐야?"

"영수증이 문제가 있다고 하면 이 서류를 보여주면 돼.

영수증보다 더 많은 정보가 담긴 서류야."

　나는 서류를 제대로 보지도 않은 채 외국인청에 일단 제
출했다. 비자 연장은 아무런 문제도 없이 매끄럽게 진행됐
다. 외국인청 직원은 새 비자가 끝날 즈음엔 영주권을 받을
수 있겠다는 말도 덧붙였다. 더할 나위 없이 깔끔한 일 처리
였다.

　그때쯤 동갑내기 직장 친구 율리가 집을 찾고 있었다. 율
리는 베를린에서 집을 찾는 일이 쉽지 않다고 했다. 율리는
혼자 살 집을 찾고 있었다. 혼자 사는 집은 당연히 경쟁자가
많을뿐더러 주임차인이 되어야 하기 때문에 재정 증명의 허
들도 높았다. 우리 집을 예를 들면 요나스가 주임차인이고
내가 부임차인이다. 요나스는 평생 집을 빌릴 수 있는 영구
적인 계약서를 갖고 있었지만 나는 요나스와 계약을 맺고
방을 빌린 부임차인일 뿐이다. 참고로 독일은 집을 소유하
기보단 임차해 사는 경우가 일반적이다. 그래서 부동산 회
사가 소유한 건물도 많다.

　"우리 같이 집 찾아볼래?"

　율리의 제안에 귀가 솔깃했다. 요나스도 좋지만 베를린
에서 충분히 자리를 잡은 만큼 다음 단계로 넘어가고 싶었
다. 어차피 지금 집을 찾기 시작해도 몇 개월은 고생해야 보

금자리를 찾을까 말까 하니 거절할 이유가 없었다. 나는 유명 부동산 사이트에 가입했다. 베를린에는 어떤 집들이 있나 천천히 둘러볼 작정이었다. 생각보다 괜찮은 매물이 많았다.

주임차인으로 집을 빌릴 땐 필요한 서류가 꽤 많았다. 직장에서의 계약서, 월급 명세서, 재정보증서 등 목록이 빼곡했다. 서류 중 익숙한 이름도 눈에 보였다. 요나스가 비자 연장을 위해 줬던 임차인 자가평가서였다. 운 좋게 품을 덜 수 있었다. 다른 서류도 집을 찾기로 결정한 당일에 모두 발급받았다. 일 처리 느긋하기로 유명한 베를린에서 어떻게 이게 가능했는지 모르겠지만 어쨌든 그렇게 됐다.

일이 착착 진행되니 설렁설렁 둘러나 보자는 마음은 어느새 불타는 승부욕으로 바뀌어 있었다. 10분에 한 번씩 어플을 새로고침 하면서 이메일을 썼다. 첫날은 헤맸지만 둘째 날부터 슬슬 답장이 오기 시작했다. 3일 차에는 집을 보러오라는 곳만 세 곳이었다. 그때쯤 내가 보낸 이메일 수를 보니 130통이었다.

셋째 날부터 집을 보러 갈 수 있었다. 집을 보러 가서도 경쟁자가 많았다. 첫 번째 집은 내가 사는 곳에서 멀지 않은 거리에 방 세 개짜리 집이었는데 보러 온 사람만 50팀이었다. 두 번째 집은 교통이 별로라 우리 쪽에서 거절했다. 세 번째 집은 커다란 공원 옆에 있는 집이었는데 일터에서도 가깝고 동네 분위기도 좋았다. 집을 보여주던 부동산 직원도 우리가 마음에 들었는지 준비한 서류를 따로 챙겨서 가져갔다. 그리고 다음 날 우리는 그 직원에게 계약하자는 전화를 받았다. 딱 6일 만에 일어난 일이었다. 베를린에 사는 사람이라면 6일이 얼마나 말도 안 되게 빠른 속도인지 알 것이다.

집에 가자마자 요나스를 붙잡고 상황을 설명했다. 동료의 제안으로 갑자기 집을 같이 구하게 됐어. 운이 좋게 6일 만에 계약할 곳을 찾았어. 갑작스럽지? 나도 갑작스러워. 나를 대신할 임차인은 내가 알아서 책임지고 찾을게. 만약 임차인을 찾지 못하면 계약서에 나온 대로 두 달 동안의 월세는 내가 부담할 테니 걱정 마. 이런 얘기였다.

요나스는 당황스러운 표정을 지었지만 이내 두 팔을 벌려 나를 안았다.

"내가 가장 좋아하는 플랫메이트와 이렇게 금방 헤어질 줄이야."

"우린 계속 친구일 텐데 뭐."

"지금까지 네가 나랑 가장 오래 산 플랫메이트야. 우리

거의 2년을 함께 살았잖아."

아직 작별 인사를 할 때는 아니라고 손사래를 치고 저녁 약속이 있어서 집을 나섰다. 오늘은 애인네서 자고 올 작정이었다.

문제는 여기서부터였다. 저녁 식사를 마치고 애인 집에 들어갔는데 이메일 알림이 떴다. 제목은 '계약 종료 요청'이었다.

제목: 계약 종료 요청

발신 시간: 2020년 1월 31일(금) 22:56

안녕, 성진.

나는 **오늘 네 말을 듣고 좀 놀랐어. 너무 갑작스러운 이야기였거든.**

(나는 내가 잘못했을까도 생각했어. 내가 스트레스 때문에 집 청소나 관리를 소홀히 하긴 했지만 다른 문제는 없었다고 보거든) 최근에 새 책장을 사주겠다고 했을 때 네가 필요 없다고 한 일도 떠올랐어.

하지만 모두 중요하지 않아.

너는 새로운 지역에 가게 될 거고, 나는 네가 행복하다면 기뻐. 우리는 계속 연락을 주고받으면 되겠지.

너랑 지낸 시간은 나에게 정말 특별해. 그래서 우정을 이어가는 친구 사이였으면 좋겠어.

이제 우리는 새로운 임차인을 찾아야 해!

계약서에 따르면 너는 다다음 달까지 우리 집에서 지내야 해. 하지만 네가 너를 대신할 임차인을 찾는다면 더 일찍 나갈 수 있어. 집을 보여주기 위해 청소를 하도록 할게! 너도 그렇게 해줘.

참고로 **우리의 계약서는 표준계약서**야.

친애하는 요나스

굵은 글자에 밑줄이 쳐져 있는 메일을 보며 조금 당황하긴 했지만 워낙 갑작스러운 상황이었기에 충분히 이해할 수 있었다. 메일 속 새 책장 이야기가 뭔지 잠시 생각을 하다가 얼마 전 요나스가 지나가는 말로 가구를 바꿔주겠다고 말한 일이 떠올랐다. 오래된 책장을 나르고 버리는 일이 귀찮아 괜찮다고 했었다.

"무슨 일 있어?"

스마트폰을 들여다보는 내 얼굴을 보고 애인이 물었다. 나는 요나스를 만나서 설명하면 된다고 생각했기에 별일 아니라고 답했다. 시간이 벌써 밤 11시를 넘겼기에 내일 답장을 보내기로 했다.

다음 날 아침에 메일이 두 통 더 와 있었다.

제목: 두 번째 이메일

발신 시간: 2020년 2월 1일(토) 03:21

안녕, 성진

나는 사실 너에게 조금 실망했어.

베를린에서 아무도 일주일 만에 집을 찾을 수 없어. 심지어 두 사람이 살 공간은 더더욱.

너는 훨씬 전부터 새로운 집을 찾고 있었던 것 같아. 나한테 좀 더 빨리 말해줄 수는 없었니? 네가 세운 이사 계획이 완벽해 보인다는 점이 내 생각을 뒷받침해주는 듯하네.

내가 보낸 첫 번째 이메일을 참조해. 너와 나의 계약은 3월까지야. 새로운 임차인을 찾지 않으면 너는 3월까지 남아 있어야 해.

좋은 밤 돼.

요나스

어이가 없어서 핸드폰을 쳐다보고 있으니 다시 애인이 무슨 일이냐고 물었다. 나는 잠깐만 기다려달라고 하고 마지막 이메일을 클릭했다.

제목: 좀더 생각해봤어

발신 시간: 2020년 2월 1일(토) 04:08

안녕, 성진

나는 네가 일주일 만에 집을 찾았다고 믿지 않아. 너는 친구랑 한동안 새집을 찾고 있었지? 그래서 너는 임차인 자기소개서가 필요했던 거야. 그 서류는 너의 상사를 위한 게 아니라 새집을 위한 거였어.

다 알았고, 나 이제 자러 갈게.

요나스

"이게 뭔 소리야?"

입에서 저절로 이런 말이 튀어나왔다.

"왜?"

애인이 걱정스럽게 물었다. 나는 상황을 설명할 정신이 없어서 "아니. 이상한 소릴 하잖아"라고 성을 내고 답장을 썼다.

요나스,

우선 나는 정말로 6일 만에 집을 찾았어. 나도 6일이 얼마나 말도 안 되는 시간인 줄 알아. 보통 빨라도 한 달, 늦으면 몇 년이 걸리기도 하니까. 나도 그 정도 걸릴 줄 알고 본격적으로 집을 찾기 시작하게 될 다음 주에 너에게 말하려고 했어. 그런데 예상치 못하게 바로 집을 찾아버려서 할 수 있는 최대한 빨리 너에게 알린 거야.

그리고 임차인 자기소개서 말인데, 나는 지금도 그게 뭘 위한 서류인지 모르거든? 내가 너에게 월세 영수증을 달라고 했는데, 네가 나한테 그 서류를 줬잖아. 내가 달라고 한 적 없어. 네가 그렇게 생각한다니 정말 안타깝네.

성진

나는 엄지손가락에 힘을 줘 전송 버튼을 눌렀다.

일이 끝나고 바로 집으로 들어오니 마침 요나스가 거실에 있었다. 나는 가방을 내려놓고 바로 요나스에게 갔다.

"요나스, 내 메일 봤어?"

"응?"

요나스는 좀 멋쩍은 표정이었는데 아무래도 새벽에 혼자 생각을 부풀린 일이 민망해서인 듯했다. 나는 요나스가 새벽 내내 일리아스와 자신의 친구들에게 전화를 돌리며 나를 흉보는 모습이 그려졌다. 그러니까 저렇게 머쓱해하지.

"내가 너한테 임차인 자기소개서를 달라고 한 적이 있었어? 말해봐."

"내가 줬지?"

"나 지금도 그 종이가 뭔지 몰라. 그리고 내가 언제 너한테 새 임차인 찾으라고 했어? 내가 스스로 찾을 거야. 내가 너한테 그렇게 말하지 않았어?"

"그렇지만 모든 일이 너무 갑작스러웠고……"

"내가 당장에 집에서 나가겠다고 했어? 내가 직접 구하고 안 되면 3월까지 집세를 내겠다니까? 그 정도 책임감은 있어."

열을 내면서 말하는 나를 보며 요나스는 허둥지둥 대답했다. 내가 자기 때문에 이사를 나간다고 생각해서 속이 상했다는 얘기였다. 내가 요나스에게 실망했다고 말하자 그는 나에게 사과하며 손을 내밀었다.

"미안해. 어제는 내가 잘못했어. 나를 용서해줘."

어깨를 축 늘어트린 채로 울상인 요나스를 보니 올라오던 화가 내려갔다. 굳이 더 화를 내지 않아도 요나스는 이미 많은 생각을 한 듯했다. 나는 사과를 받아들였다. 그러고 다시 한번 새 임차인은 책임지고 찾을 테니 너는 아무것도 할 필요가 없다고 호언장담했다. 요나스는 방긋 웃으며 자기는 집을 치우겠다고 말했다.

막상 새 임차인을 찾으려니 마음이 무겁기도 하고 부담이 되기 시작했다. 방을 내놓는 글을 올리기도 전에 양심 없이 지저분한 집을 넘긴 사람이 되어 조리돌림당하는 상상에 괴로웠다. 처음 집을 보러 왔을 때 이상할 정도로 내 눈치를 보던 한인 여성분의 심정을 완벽하게 이해하는 순간이었다. 무거운 마음으로 페이스북 커뮤니티에 글을 올렸다. 집세가 저렴한 만큼 많은 사람이 연락을 해왔다. 이상한 사람도 있었고, 입주 기간을 조절해달라는 사람도 있었다. 완전히 마음에 드는 연락은 오지 않았다. 나는 깊은 밤까지 퀭한 눈으로 페이스북을 들락날락했다.

"성진? 이사 가?"

매니저를 하는 지점에서 오랫동안 같이 일한 나오미가 물었다. 나오미는 일본인이었는데, 나와 일 궁합이 잘 맞고 웃긴 구석이 있었다.

"응. 율리랑 같이 살기로 했어!"

"에! 혼또? 진짜아?"

"응, 혼또!"

나오미와 나는 독일어, 일본어, 한국어가 섞인 괴상한 언어로 대화하곤 했다. 이를테면 매장 업무를 마쳤을 때 내가 나오미에게 "아모, 나오미짱. 알레스 페르티그(Alles fertig)이다요.(나오미, 다 끝마쳤어)"라고 말하면 나오미가 나에게 고개를 숙이며 "감사하므니다!"라고 말하는 식이었다. 독일인은 알아듣지 못해도 우리끼리는 찰떡처럼 통하니 의사소통에는 이만한 대화법이 없었다.

"에, 나도 이사 가고 싶다."

순간 나오미가 뱉은 한마디가 내 뇌에 꽂혔다. 영화 속 한 장면 같이 뇌에서 숫자와 글자가 파르르르 지나갔다. 나오미는 완벽한 새 임차인이었다! 다만 문제는 나의 양심이었다. 심장이 두근두근 뛰었다. 나는 잠깐이지만 요나스의 부엌에서 고통받는 나오미가 생생하게 그려졌다. 동시에 뱀의 혀로 나오미를 꼬셔 새 임차인으로 만들고 싶다는 생각도 들었다.

"나오미, 우리 집에 관심 있어? 월세 380유로(집에 산 지 1년째에 월세가 10유로 올랐고, 새 새입자를 받는다고 하니 또

10유로가 올랐다)인데? 여기서도 안 멀어. 자전거 타면 10분이야."

"오, 좋은데?"

집에 대해 포장하고 싶은 욕망이 자꾸만 차올랐다. 하지만 나는 눈을 질끔 감고 있는 대로 실토했다.

"근데 내 플랫메이트 알지? 내가 자주 얘기했잖아. 더럽고 잘 안 치워……. 그리고 맨날 방문 노크해. 알지? 내가 전에 그 사람 때문에 스트레스받는다고 욕했었잖아……"

"맞아. 그랬었지……"

"장점도 단점도 명확해. 위치가 좋고 월세가 싸. 대신 집이 더럽고 플랫메이트가 귀찮아. 그게 다야."

고해성사하는 신도처럼 눈을 꼭 감고 나오미에게 모든 조건을 솔직하게 털어놨다. 나오미는 묘한 표정으로 좀더 고민해보고 내일 알려주겠다고 말을 했다. 나는 그날 하루 종일 나오미 눈치를 보며 주변을 어슬렁거렸다.

"성진, 나 집에 관심 있어."

나오미의 말에 '앗싸!'라고 내적인 환호성을 질렀다. 나는 태연한 척 진지한 표정으로 감정을 억눌렀다.

"나오미, 나는 분명 얘기했어. 더럽고 귀찮게 군다고."

"응. 너는 분명히 얘기했어."

나는 나오미가 우리 집에 이사 오기 전까지 '내가 분명
다 얘기했다'는 말을 습관처럼 반복했다. 그리고 결국 나오
미는 요나스의 새 임차인이 됐다.

따로 산 가구가 없었기에 이삿짐이 작았다. 나는 우버 택
시를 불러 세 번에 걸쳐 이삿짐을 날랐다. 방은 비로소 텅
텅 비었다. 요나스와 나는 인사를 하기 위해 거실에 마주 보
고 앉았다. 요나스는 나와 함께한 2년은 정말 특별했다고
했다. 나 역시 마찬가지였다고 답했다. 우린 더 수다를 떨었
다. 더는 할 말이 없을 때쯤 요나스는 거실 찬장의 쿠키 상
자를 조심스럽게 꺼냈다. 내가 집에 들어올 때 건넸던 보증
금 360유로를 그대로 돌려주기 위해서였다. 나는 돈을 받아
서 새집으로 향했다. 집에 도착해 펼친 지갑에서 2년 동안
묵은 돈 냄새가 났다.

요나스네에서 나오미가 만들어 준 카레 우동

재료

- 우동면 2인분
- 돼지고기 안심
  혹은 등심 100그램
- 양파 1/2개
- 당근 1/2개
- 블록형 일본 카레 2개
- 물 500밀리리터
- 간장 1큰술
- 미림 1큰술
- 설탕 1작은술
- 식용유 약간

01 돼지고기를 먹기 좋은 크기로 썬다.

02 양파와 당근은 비슷한 크기로 슬라이스한다.

03 냄비에 식용유를 두르고 돼지고기와 채소를 볶는다.

04 양파가 투명한 갈색이 될 때까지 볶았으면 물을 넣고 끓인다.

05 04에 블록형 일본 카레를 넣고 녹인다. 끓이는 동안 바닥이 타지 않도록 계속 젓는다.

06 05의 농도가 진득해지려고 할 때 간장, 미림, 설탕을 넣는다. 완전히 진득해질 때까지 끓인다.

07 우동면은 끓는 물에서 1~2분 정도만 끓이고 건져 물기를 뺀다.

08 우동면에 카레를 올려 완성한다.

09 요나스에 대해 불평을 토로하는 나오미의 말을 경청하며 맛있게 먹는다.

※이 카레는 요나스가 캠핑하러 갔을 때 나오미가 나를 초대해서 해준 요리다. 당시 나오미는 요나스와 두 달 정도 같이 산 상태였는데 과거의 나처럼 주방기구를 방에 숨겨놓고 따로 요리한다고 했다. 요나스도 우동을 먹어봤냐는 말에 나오미는 단호하게 "주방을 더럽게 쓰는 사람에게 카레 우동은 없어"라고 말했다. 나는 나오미를 붙잡고 깔깔 웃었다.

이메일 ⑴

제목: 안녕! 잘 지내고 있어?

발신인: 요나스

네가 이사 간 지 벌써 한 달이 지났어. 나는 요즘도 종종 방에 네가 있는 상상을 해. 하지만 나오미도 충분히 좋은 룸메이트야. 새로 이사 간 동네에서는 잘 지내고 있니?

나는 잘 지내고 있어. 코비드 바이러스 때문에 재택근무를 하고 주말에는 캠핑카에서 지내. 나는 아직도 우리가 같이 보낸 시간을 다정하게 되돌아보곤 해. 네가 시간이 날 때 아이스크림이나 음료를 마시면서 산책하자. 너의 새로운 동네가 궁금해!

제목: 전시회에 놀러 와

발신인: 요나스

성진, 잘 지내고 있어? 요즘도 많이 바쁘지? 언제나 너는 일이 바빠서 스트레스가 많았잖아. 네가 지금은 전보다 좀더 행복하기를 바라.

나는 이번 주 주말에 시 모임 사람들과 전시회를 열어. 초대장은 파일로 첨부할게. 네가 온다면 나는 정말 기쁠 거야. 물론 일을 해야 한다면 오지 않아도 괜찮아. 걱정하지 마.

내가 코비드 바이러스 고위험군인 만큼 방역 수칙을 철저히 지킬 예정이야! 고성능의 마스크를 꼭 챙겨 와. 그렇지 않으면 입장하지 못할 수도 있어.

그럼 너의 답장을 기다릴게. 좋은 하루 보내.

제목: 성공적으로 전시회를 마쳤어

발신인: 요나스

안녕, 성진! 나는 지난주에 전시회를 무사히 마쳤어. 잘 지내니? 답장이 오지 않아서 무슨 일이 있었나 생각했어. 분명 일을 하고 있었겠지?

전시회에는 많은 친구가 방문했어. 나는 친구들 앞에서 몇 편의 시를 직접 낭독하기도 했어. 네가 들었으면 아마 흥미롭다고 했을 거야. 우리가 다음에 만나면 전시회 얘기를 더 해줄게.

무슨 일이 있는 거면 알려줘. 소식이 들리지 않아서 걱정이 돼.

제목: 전시회에 가지 못해서 미안해

발신인: 성진

좋은 아침, 요나스. 내가 메일에 답장하지 못했어. 요즘 매장이 정말 바쁘거든. 손님이 매일 줄을 서서 몸도, 마음도 텅텅 비었어. 어쨌든 네 소식을 들으니 기쁘다.

전시회에 가지 못해서 미안해! 너의 메일만 봐도 얼마나 재미있었을지 상상이 돼. 성공적으로 전시회를 마쳤다니 네가 정말 자랑스럽다.

한 가지 질문이 있는데, 혹시 내 앞으로 온 편지 있어? 있으면 알려줘.

제목: 편지는 오지 않았어

발신인: 요나스

안녕, 성진. 너에게 답장이 와서 기뻐. 일이 바쁘다니 아쉽다. 네 앞으로 온 편지는 없어. 기다리는 편지가 있다면 말해줘.

사랑을 담아, 요나스

제목: 작은 부탁

발신인: 요나스

안녕. 작은 부탁이 있어서 연락했어. 나는 다시 임차인을 찾기 시작해야 해. 나오미가 이사를 가고 싶다고 했거든. 혹시 방이 필요한 사람이 있다면 나에게 알려줄 수 있어? 임차인을 찾는 일은 정말 쉽지가 않아. 네가 원하면 인터넷 커뮤니티에 내 방에 대해서 올려도 괜찮아.

너의 모든 일이 잘되길 빌고 너무 많은 스트레스를 받고 있지 않기를 빌게. 산책하고 싶을 때 언제든 연락 줘!

제목: 요즘도 바빠?

발신인: 요나스

안녕, 성진. 네가 이사 나간 지 벌써 1년이 됐어. 우린 아직 한 번도 만나지 못했네. 많이 바쁘지? 네가 원하면 내가 너에게 갈 수도 있어. 가능한 시간과 날짜를 알려주면 내가 너의 시간에 맞출게.

최근에 동네를 지나다니다가 네 생각이 나서 사진을 찍었어. 우리 동네가 그립다면 이 사진을 봐!

꼭 연락을 줘. 너와 함께 보낸 시간이 그리워. 너도 그러길 빌어!

좋은 친구

이사를 하고 1년 반이 지나고 나서야 요나스를 다시 만났다. 핑계 아닌 핑계를 대자면 나는 그사이 직장에서 승진해 운영지원팀 소속으로 베를린 내 매장들을 관리하고 있었다. 바쁘고 정신없는 나날이었다. 좀더 일찍 시간을 냈다면 좋았겠지만 그러지 못했다.

요나스는 놀랍게도 메신저 어플리케이션인 왓츠앱(Whatsapp)으로 메시지를 보냈다. 몇 달 전에 노키아 폴더폰이 고장 나 일리아스가 저가형 스마트폰을 선물했다고 했다. 우린 왓츠앱으로 약속을 잡고 내가 주로 일하는 지역에서 만나기로 했다. 나는 요나스에게 힙한 카페를 소개시켜주고 싶었다. 요나스의 취향은 아니겠지만 그래서 더욱 알려주고 싶었다.

나는 약속 시간보다 먼저 카페에 도착해 입구에서 요나스를 기다렸다. 잠시 후 멀리서 뒤뚱거리며 걸어오는 그가 보였다. 늘상 입던 검은색 아웃도어 티셔츠와 회색 7부 반바지였다. 내가 생일 선물로 준 빵모자를 쓰고 있었다. 나는 반가워서 자리에서 방방 뛰면서 손을 흔들었다. 천천히 요나스가 뒤뚱거리며 가까워질수록 들뜬 마음이 가라앉았다. 그의 몸이 변해 있었다.

빠른 걸음으로 걸어오는 요나스의 오른발에는 붕대가 크게 감겼고, 나를 보며 웃는 왼쪽 눈동자에는 갈색 반점이 있었다. 포옹을 하자고 뻗은 팔에는 곳곳에 곪은 딱지가 있었다. 반가움에 홍조를 띄어야 할 피부는 혈색 없이 회색빛만 돌 뿐이었다.

"숭진! 숭진! 숭진!"

요나스는 내 이름을 반복해서 부르더니 어깨를 붙잡고 가만히 나를 마주 봤다. 요나스의 눈을 보고 있으니, 뭔가 놓쳤다는 생각에 마음이 초조하면서 눈물이 나려고 했다. 나는 태연한 척 방긋 웃으면서 요나스를 반겼다.

"요나스, 우리가 드디어 만났어!"

"그러니까. 세상에, 정말 오랜만이다."

"더 빨리 만났어야 하는데 미안해. 정신이 없었어."

"아무 문제 없어. 네가 얼마나 바쁜지 알고 있으니까."

"짜잔, 우리 동네에서 가장 인기 있는 카페야. 들어가자."

깔끔한 인테리어에 각종 브런치를 파는 카페로 들어갔다. 요나스는 분주하게 주변을 탐색했다. 매니저로 보이는 사람이 우리에게 다가와 영어로 몇 명이냐고 물었다. 요나스가 독일어로 대답하자 매니저가 여전히 영어로 "아, 미안해요. 저는 독일어를 못해요"라고 말했다. 나는 요나스 대신 영어로 "두 명이요"라고 말했다. 매니저가 자리를 안내하고 사라지자 요나스가 매니저의 영어를 흉내 냈다.

"'저는 독일어를 못해요.' 장난해? 인사 정도는 독일어로 할 수 있잖아."

"요나스, 미안하지만 힙스터 카페에 오려면 이 정도는 감수해야지."

요나스는 미쳤다는 의미로 오른손을 이마 앞에 가져다 대고 흔들었다. 오랜만에 툴툴거리는 요나스를 보니 반가워서 미칠 지경이었다. 요나스는 QR코드 메뉴판을 보고 다시 한번 눈을 흘겼다.

"스마트폰이 없는 사람이 있을 수도 있다는 생각은 안 하나 봐."

요나스다운 반응에 나는 웃음이 터졌다.

"요나스, 힙스터인 척해야지. 아니면 우리 쫓겨날지도 몰라."

"푸우, 쫓아내라고 해⋯⋯. 잠깐만. 토스트 한 조각이 13유로라고? 해도 해도 너무하네."

메뉴판을 확인한 요나스가 분통을 터트렸다. 단골 카페에선 4유로면 토스트를 먹을 수 있다며 어이없어했다. 나는 내가 낼 테니 먹고 싶은 음식을 모두 시키라고 말했다. 요나스는 브런치 메뉴 하나와 커피 그리고 디저트를 시켰다. 메뉴를 살펴보고 잠시 망설이다 요나스에게 물었다.

"요나스, 디저트에 설탕이 너무 많지 않아?"

"설탕은 사랑이야."

괜찮다며 손사래를 치는 요나스의 눈동자 속 갈색 점이 자꾸만 눈에 걸렸다. 정말 괜찮냐고 다시 물으니 요나스는 "알레스 굿"이라며 직원을 불러 음식을 주문했다. 요나스는 프렌치토스트를 주문했고 나는 천연발효종 빵 슬라이스 위에 다진 아보카도를 올린 메뉴를 시켰다. 비건 메뉴인 데다가 맛까지 좋아서 주말이면 출근 전에 한 조각씩 먹곤 했다. 요나스는 비건 메뉴를 좋아하지 않았다. 나는 그러든지 말든지 빵의 3분의 1조각을 요나스의 접시에 덜어 맛보라고 했다. 요나스는 토스트를 손에 쥐고 작게 한입 베어 물었다.

"오우, 기대하지 않았는데 되게 맛있네?"

나도 따라 한 조각 썰어서 먹었다. 신선한 빵의 알싸한 맛을 아보카도가 부드럽게 감싸고 있었다. 레몬즙과 통후추는 밍밍할 수 있는 아보카도에 리듬을 더한 맛이었다. 올리브오일과 케이퍼가 뭉쳐 있는 부분은 일부러 아껴 뒀다가 마지막에 먹었다.

"건강은 어때?"

요나스는 입을 다물고 '쓰읍' 소리를 냈다. 좋지 않은 반응이었다.

"굳이 말하면 최고는 아니지."

"안 좋다는 말이야?"

"검사를 많이 하는데 결과가 좋았다가 나빴다가 해."

"안 좋으면 어떤 일이 일어나는 건데?"

"그냥 안 좋은 거지 뭐."

내 걱정스러운 표정을 본 요나스는 "알레스 굿"이라며 하나 마나 한 소리로 나를 달랬다.

"건강에 좋은 음식을 먹어야 해."

"봐, 먹고 있잖아."

요나스는 자신의 앞에 놓인 프렌치토스트를 가리켰다.

268

전혀 좋은 음식이 아니었다.

"채소를 많이 먹으라고."

요나스의 손가락이 프렌치토스트에서 사이드인 샐러드로 옮겨 갔다. 나는 '푸우' 소리를 내면서 고개를 절레절레 저었다.

"그나저나, 일리아스가 아들을 낳았어."

"거짓말! 진짜로?"

"진짜야. 나는 이제 할아버지라고!"

"니키랑 낳은 거야?"

"둘은 네가 이사 나가고 얼마 안 가서 헤어졌어. 새 여자 친구가 생겼지."

요나스는 스마트폰 속 아기의 사진을 연달아 보여줬다. 이제 갓 태어난 아주 조그만 아이였다. 너무 작아서 누굴 닮았는지도 확인하기가 어려웠다. 아기의 이름은 막스였다.

"숭진, 삶은 정말 아름다워. 너처럼 좋은 친구도 있고, 사랑스러운 가족도 있지. 심지어 내가 할아버지라니…… 믿을 수 있어?"

나는 눈앞에 있는 요나스와 귀에 들리는 그의 말이 마치 각기 다른 세상에서 전달되는 듯했다.

스마트폰에 맞춰둔 알람 소리가 울렸다. 일을 하러 가야 한다는 신호였다. 나는 긴 만남은 부담스러워 요나스와의 약속을 일부러 출근 시간 직전으로 잡았다. 요나스는 디저트를 이제 먹기 시작한 차였다. 후회가 됐다.

"알레스 굿, 나는 디저트를 다 먹고 갈 테니까 일하러 가. 오랜만에 봐서 정말 반가웠어."

"미안해. 요나스. 요즘 너무 바빠서…… 우리 다음 달에 한 번 더 만나자. 다른 힙스터 카페에 데리고 갈게."

"그래. 좋지. 언제든 연락 줘. 나는 언제나 환영이야."

"응, 나 먼저 갈게?"

나는 요나스를 두고 자리에서 일어났다. 미안한 마음에 먹은 음식을 계산하면서 직원에게 커다란 호밀빵을 포장해 요나스에게 전해달라고 했다. 나는 문을 나서면서 한 번 더 요나스에게 인사를 했다. 그는 호밀빵을 들고 엄지를 척, 내밀었다.

요나스와 만나기로 했던 달도 역시 바빴다. 요나스는 괜찮으니 시간 날 때 연락 주라고만 했다. 약속을 미룰 때마다 자꾸 요나스가 나를 '좋은 친구'라고 부른 일이 떠올랐다. 나는 차라리 '바쁜 친구'라고 불러주면 좋겠다고 생각했다.

아보카도 토스트

재료

- 천연발효종 빵 1조각
  (1.5센티미터 두께)
- 아보카도 1개
- 레몬 1/2개
- 케이퍼 1작은술
- 방울토마토 1개
- 올리브오일 적당량
- 통후추·소금 약간씩

01 팬에 빵을 데우듯이 살짝 굽는다. 만약 빵이 신선하다면 그대로 사용해도 된다.

02 아보카도는 씨앗과 껍질을 제거해 볼에 담고 으깬다.

03 레몬의 즙을 짜서 02와 섞는다. 이때 통후추도 갈아서 함께 섞는다.

04 03의 맛을 보며 소금으로 조금씩 간을 한다.

05 방울토마토를 반으로 잘라 준비한다.

06 빵에 04를 넉넉히 펼쳐 바르고, 여기에 케이퍼와 방울토마토, 올리브오일을 골고루 올려서 완성한다.

이메일 ②

제목: 크리스마스 편지

(우스꽝스러운 산타 복장을 한 요나스의 사진이 첨부되어 있다.)

성진에게,

아쉽게도 올해의 크리스마스 편지는 영상이 아니라 편지야. 왜 냐면 최고의 여배우가 나와 함께 있지 않기 때문이지! 하지만 네가 잘 지내는 일보다 중요한 것은 없어. 잘 지내고 있지?

2022년은 산타클로스에게 아주 특별한 해였어. 지독한 질병 때문에 더 이상 유치원의 천사들을 만날 수 없었기 때문이지. 대신에 산타클로스는 그가 좋아하는 동화책을 읽는 시간을 가졌단다.

그렇다고 일을 소홀히 하진 않았어. 산타클로스의 작업장이 순조롭게 운영되고 있는지 항상 체크했지. 요정, 엘프, 마법사 모두 합심해서 작업장을 돌렸어. 다만 우리의 순록은 질병에 감염될 위험이 있기 때문에 여행을 모두 취소하기로 했어. 수석 마법사가 순록의 일을 맡아줘서 큰 문제는 없어. 선물은 모든 어린이에게 제시간에 배달이 될 거야. 성진도 수석 마법사를 위해 선물을 받지 못한 어린이가 있다면 도와주면 좋겠어.

행복한 크리스마스가 되길 빌어.

성진, 오랫동안 보지 못하다가 오랜만에 봐서 정말 기뻤어. 코로나 시기는 계속되고 있지만 계속 연락을 이어가자. 네가 시간이 있을 때 너희 동네 공원 산책을 하면 어때? 나는 상상만 해도 행복하네. 그때까지 안전하고, 건강해야 해.

사랑을 담아, 요나스

의외의 전화

　주말에 일하면 시간이 잘 간다. 특히 토요일은 우리 가게의 대목 중 대목이다. 정신없이 쏟아지는 주문 속에 몸을 던지면 바다 위 조각배처럼 어디든 흘러가게 된다. 넋을 놓고 둥둥 흐름을 타기만 하면 된다. 문득 한국에서 회사 다닐 때가 생각났다. 출근 시간에 지하철 1호선을 탔는데 소위 말하는 지옥철이었다. 하루는 신문을 들고 탔는데 밀려오는 인파에 손에서 놓쳤더랬다. 놀랍게도 신문은 사람과 사람을 타고 둥둥 떠서 반대편 문까지 흘러갔다. 그 모습이 꼭 바다 위에 조각배 같았다. 잠깐만, 내가 무슨 얘기를 하고 있는 거야.

　어쨌든 평소와 다름없이 밀려드는 주문에 몸을 맡기고

있었다. 배달원은 나에게 음식을 달라며 소리를 질렀고, 불친절한 손님은 구겨진 지폐를 던지듯 계산했다. 나는 종종 소리를 지르다가, 눈을 흘기다가, 웃다가, 친절하다가, 무표정했다. 나는 난장에 몸을 맡기고 혼이 빠진 상태로 주방을 둥둥 떠다니고 있었다.

"성진, 너를 찾는데?"

동료가 어깨를 톡톡 치자 정신이 몸으로 쏙 들어왔다. 가게에 많은 전화가 왔지만 지금까지 나를 콕 집어 찾는 일은 한 번도 없었다. 지독한 컴플레인 전화일 수도 있겠다는 생각이 들어 뒷목이 살짝 당겼다. 계산대 앞에 길게 선 줄을 다른 직원에게 맡기고 시끄러운 주방 한가운데서 소리를 지르듯 전화를 받았다.

"여보세요?"

"성진이야?"

"누구세요?"

"나 마티아스야."

"마티아스? 마티아스 누구?"

"요나스 친구 마티아스. 마티. 마티야!"

"아! 마티. 오랜만이야!"

마티는 요나스와 가장 친한 친구였다. 경찰서에서 일하

는 마티는 종종 나와도 어울려 맥주를 마시곤 했다.

"요나스가 수허허!"

주방에서 전쟁이라도 난 듯 소란이라 수화기 너머의 소리는 도통 들리지가 않았다. 나는 마티에게 잠깐만 기다리라고 하고 창고로 가는 복도로 나왔다. 비로소 소음이 사라졌다.

"다시 한번 말해줄 수 있어?"

"성진. 요나스가 죽었어. 어제 플랫메이트가 요나스의 방에서 그를 발견했어."

"죽었다니? 무슨 말이야?"

"요나스가 죽었어. 심장마비였어. 자다가 죽었어."

"아니…… 그게 무슨 말이야?"

"알아, 나도 알아. 나도 정말 놀랐어. 우리는 장례식을 준비하고 있어. 할 일이 너무 많아. 너의 도움도 필요해. 이메일로 자세한 내용을 보낼게."

"당연히 도울게. 연락 줘서 정말 고마워."

마티는 내 번호를 몰라서 내가 일하는 브랜드의 모든 매장에 전화를 돌렸다고 했다. 나는 마티에게 고맙다는 말만 반복하다가 전화를 끊었다. 복도는 이명이 들릴 정도로 고요했다.

집에 도착하니 메일이 도착해 있었다. 제목은 '요나스의 마지막 여행'이었다. 나는 메일을 클릭하고 마티가 부탁한 크리스마스 영상을 첨부한 답장을 보냈다. 5개월 전에 만났던 요나스의 얼굴이 떠올랐다. 나는 그제야 요나스가 시들어가고 있었다는 것을 깨달았다. 나오미에게 연락해 소식을 전했다. 나오미는 "에! 우소(거짓말)"라고 소리쳤다.

비가 추적추적 왔다. 우산을 쓰기는 뭣해서 모자를 눌러 쓰고 장례식이 열리는 공동묘지로 갔다. 입구에서 나오미를 만났다. 우리는 말없이 서로를 안았다. 공동묘지 중심의 작은 건물 주변으로 사람들이 둘러 있었다. 다가서니 건물 안에서 신부가 요나스의 약력을 읊는 소리가 들렸다.

무리에 섞이니 좀 머쓱했다. 장례식에서 어두운 옷을 입은 사람은 나오미와 나뿐이었다. 모두 약속이라도 한 듯 화려한 색의 등산복 바람막이와 헐렁한 청바지를 입고 있었다. 나는 나오미에게 귓속말로 "등산복 화려한 것 좀 봐. 장례식에는 좀 아니지 않아?"라고 속삭였다. 나오미도 나에게 "그니까. 좀 심하네"라고 작은 목소리로 답했다. 나는 "조또 무리, 무리다"라며 작게 장난을 쳤다. 옆에 요나스가 있었다면 셋이 함께 킥킥대며 웃었겠다는 생각이 들었다.

278

나는 주변을 둘러봤다. 일리아스는 잠든 아이를 안고 있었다. 군데군데 보이는 아는 얼굴과 눈인사를 했다. 반대편 쪽에 서 있는 동양인 여자가 보였다. 어두운 얼굴로 훌쩍이고 있었는데 나는 그가 요나스를 처음 발견한 플랫메이트라는 것을 직감했다. 만약 죽은 요나스를 발견한 사람이 나였다면 어땠을까?

기나긴 약력이 끝나자 신부가 내려와 무리를 인솔했다. 그가 향하는 곳은 요나스의 묘지였다. 화장을 했는지 묘지는 아담했다. 흙은 아직 덮이지 않은 상태였다. 신부와 그를 돕는 인원은 묘지 주변에서 뭔가를 준비했다. 자세히 보니 흙이었다. 사람들은 자연스럽게 줄을 서더니 한 명씩 나가 신부 옆에 있는 흙을 한 줌 쥐고 요나스의 묘지 위에 뿌렸다. 우리는 꽤 앞 순서였다. 나는 실수할까 봐 긴장됐다. 뒤에 선 모르는 독일인 여자가 흙을 뿌리기만 하면 되니까 걱정하지 말라고 말을 걸었다. 옆에서 뻔히 보일 정도로 긴장한 것이었다.

차례가 되어서 신부 앞에 섰다. 긴장한 채로 흙을 쥐는데 문득 요나스의 묘지가 보였다. 울컥 하고 눈물이 났다. 나는 손에 쥔 흙을 묘지에 뿌렸다. 더 이상 떨리지 않았다. 작별 인사를 할까 하다가 눈을 감고 기도했다. 요나스가 편하게 쉬게 해달라는 기도였다. 자꾸만 눈물이 나서 손등으로 눈을 벅벅 비볐다.

흙을 뿌린 후 장례식의 마지막 과정으로 우리로 치면 상주 격인 일리아스와 인사를 나누었다. 그의 눈은 이미 시뻘겠다. 일리아스와 나는 누가 먼저랄 것 없이 서로를 안았다. 일리아스는 내 어깨에 얼굴을 기댔다. 일리아스와 수많은 포옹을 했지만 처음 있는 일이었다.

"일리아스, 강하게 버텨."

"고마워, 숭진. 정말 고마워."

나와 일리아스의 눈은 다시 한번 붉어졌다. 뒤를 돌아보니 나오미 역시 흐느끼고 있었다. 우린 눈물을 훔치며 공동묘지를 빠져나왔다.

장례식 후 요나스의 예전 일터에서 친구들이 준비한 작은 추모식이 열렸다. 요나스의 시, 사진, 글 그리고 동영상을 전시한 추모식이었다. 요나스의 정신을 잇는 추모식이 모토였는데, 동영상 중에서는 내가 마티에게 보낸 크리스마스 영상도 있었다. 요나스와 나의 명연기 때문인지 영상은 인기 폭발이었다. 덕분에 추모식장을 걸어다닐 때 모르는 사람에게 붙잡혀 영상을 잘 봤다는 인사를 받기도 했다.

"당신이 요나스와 가장 오래 산 플랫메이트죠?"

한 무리의 사람이 나에게 다가와서 말했다. 나는 고개를 끄덕였다. 그들은 돌아가면서 나를 안았다. 요나스의 시 모임 회원들이었다.

"우리 한 번 본 적 있는데 기억나요? 보드게임의 밤에 같이 인사했었어요."

전혀 기억나지 않는 사람이 다가와서 인사를 건네기도 했다. 요나스에게 내 얘기를 많이 들었다고 했다. 나는 또 고개를 끄덕였다.

나는 꾸벅꾸벅 인사를 하다가 나오미와 테이블에 겨우 자리를 잡고 앉았다. 식사 거리가 있어서 가져오려는데 반가운 얼굴이 보였다. 마리옹이었다. 마리옹은 요나스 친구 중 내가 가장 좋아하던 사람이었다. 그는 요나스가 두 번째 심장마비를 겪었을 때 병원에서 요나스를 담당했던 간호사였다. 둘은 그때의 인연으로 10년 넘는 우정을 이어왔다. 요나스는 마리옹이 종종 약속을 깨트린다며 불만을 토로하고는 했다. 나는 마리옹의 마음을 이해할 수 있었다. 마리옹과 나는 말이 잘 통하는 사이였다.

"성진, 정말 오랜만이네. 잘 지냈어?"

"잘 지냈지! 너를 만나다니, 정말 반가워."

우린 포옹을 했다.

"정말 요나스다운 추모식 아니야? 많은 손님 좀 봐. 세상에."

마리옹은 추모식장을 쭉 훑어보면서 말했다. 독일에서 이런 추모식은 한 번도 본 적이 없다고 덧붙였다.

식사로는 카프레제 브로첸과 햄과 오이를 올린 브로첸이 준비되어 있었다. 한없이 차갑고 건조해 보이는 브로첸을 본 나는 무턱대고 서운했다. 커다란 솥에 고추기름이 넉넉하게 떠다니는 육개장을 연약한 플라스틱 그릇에 아슬아슬하게 담아서 자리로 가져가고만 싶었다. 얇디얇은 비닐이 깔린 상에 그릇을 올리고 김이 솔솔 올라오는 쌀밥을 냅다 육개장에 넣고 투명하고 물컹한 일회용 숟갈로 휘휘 저어서 허겁지겁 입에 쑤셔 넣고 싶었다. 베를린에는 육개장이 없다는 걸 알고 있었지만 밑도 끝도 없이 섭섭하기만 했다. 브로첸 앞에 우뚝 서서 음식을 내려다보는데 나오미가 내 손에 티슈 몇 장을 쥐여줬다. 그때 눈물이 그렁그렁 맺혀 있다는 걸 알았다.

나오미와 나, 마리옹은 그릇에 브로첸을 담아 자리로 돌아왔다. 마리옹은 능숙하게 브로첸을 베어 물고, 나는 브로첸을 물어뜯다 위에 있는 속재료를 죄다 흘렸다. 나오미는 곧은 자세로 브로첸을 잡고 야무지게 오물오물 씹어 먹었다.

"요나스는 진짜 특이한 사람이었어."

마리옹이 말했다.

"맞아. 그리고 정말 지저분한 사람이기도 했어. 크리스마스 파티 기억하지? 찌꺼기가 남은 잔에 글뤼바인 마셨었잖아."

내가 말했다. 마리옹은 웃음을 터트렸다.

"아…… 정말 그래. 내가 요나스네에서 사는 6개월 동안 그는 한 번도 청소기를 돌리지 않았어. 정말이야."

나오미가 말했다. 우리의 대화를 듣고 있던 옆 테이블도 같이 웃음을 터트리더니 "확실히 요나스가 깨끗하진 않았지"라며 거들었다.

"자꾸 바닥에 떨어진 음식을 주워 먹잖아. 부엌 바닥 얼마나 지저분한지 알지? 그래서 내가 먹지 못하게 음식을 발로 밟고 그랬다니까?"

내 말에 마리옹과 나오미가 배꼽을 잡고 웃었다. 마리옹은 브로첸이 목에 걸려서 컥컥거리기도 했다. 나는 말을 이었다.

"이 브로첸도 아침 식사로 요나스가 자주 만들어 줬었어. 근데 곰팡이가 핀 크림치즈를 자꾸 쓰려고 하는 거야.

요나스한테 곰팡이쯤은 문제가 안 되니까. 내가 상한 크림 치즈를 얼마나 많이 버렸는지 알면 놀랄걸?"

우린 식사 내내 요나스 얘기를 하며 웃었다. 종종 지나가는 사람도 맞장구를 치며 웃음을 터트리곤 했다. 문득 장례식에서는 일부러라도 시끄럽게 떠들고 화투도 치면서 신나게 놀아야 한다는 한국의 옛말이 떠올랐다. 그래야 망자가 미련 없이 저승으로 떠날 수 있다고 했다. 나는 얘기에 끼고 싶어 발을 동동 구르는 귀신 요나스를 상상했다. 손을 흔들면서 자기도 한마디하고 싶다고 얼쩡거릴 게 분명했다.

추모식장을 나서는데 일리아스가 요나스 친구들과 담배를 피우고 있었다. 일리아스는 나를 보고 방긋 웃었다. 일리아스는 아내인 미아와 아들인 막스를 소개했다. 나는 그의 어깨를 주먹으로 한 대 치고는 앞으로 잘 살아야 할 거라고 경고했다. 좋은 아빠가 되는지 지켜보겠다는 투의 장난이었다. 일리아스도 지금까지 자신의 삶이 최고의 아빠상은 아니었다는 것을 순순히 인정했다. 근황을 묻는 일리아스에게 직장에서 승진한 얘기를 했더니 엄지와 검지를 비비며 돈을 세는 시늉을 했다. 또 시작된 시비에 나는 눈을 굴렸다. 일리아스는 장난이라며 웃었다.

"정말 사랑스럽다. 정말 사랑스러워."

나는 막스를 내려다보며 중얼거렸다. 이제 돌이라는 아이는 사랑스럽고, 아름답고, 귀여웠다.

"반은 너를 닮고 반은 요나스를 닮았는데?"

일리아스와 미아가 웃으면서 맞다고 했다.

"요나스가 막스를 만나고 가서 정말 다행이야."

"그가 막스를 얼마나 아꼈을지 상상이 돼?"

"그럼, 요나스는 아이를 정말 좋아했잖아."

일리아스는 고개를 끄덕거렸다. 나는 미아와 막스에게 인사를 하고, 일리아스와 길게 포옹한 뒤 추모식장을 떠났다.

카프레제 브로첸과
햄과 오이를 올린 브로첸

재료

카프레제 브로첸

· 브로첸 1개
· 토마토 1개
· 바질페스토 2큰술
· 생모파렐라 치즈 1/2개
· 발사믹 식초 적당량
· 후춧가루 약간

햄과 오이를 올린 브로첸

· 브로첸 1개
· 슬라이스 햄 2장
· 오이 1/3개
· 크림치즈 2큰술
· 후춧가루 약간

01 토마토와 생모짜렐라 치즈,
    오이를 먹기 좋은 크기로 슬
    라이스한다.

02 브로첸은 오븐이나 팬에 겉
    이 바삭하고 노릇해질 정도
    로 데운 후 수평으로 반을 갈
    라 준비한다.

03 브로첸의 자른 면에 바질페스
    토 혹은 크림치즈를 바른다.

04 바질페스토를 바른 브로첸에
    토마토와 생모짜렐라 치즈를
    올리고, 크림치즈를 바른 브
    로첸에는 오이와 슬라이스 햄
    을 올린다.

05 카프레제 브로첸 위에 발사
    믹 식초와 후춧가루를 뿌려
    완성한다.

06 햄과 오이를 올린 브로첸 위
    에는 후춧가루를 뿌려 완성
    한다.

베를린에서 살기로 결심하다

요나스의 장례식이 있고 일주일 후 나는 외국인청에서
영주권을 받았다. 영주권 발급이 완료됐음을 증명하는 서류
를 받아 쥐고 나왔을 때는 해가 중천이었다. 나는 외국인청
에 올 때마다 들렀던 태국 음식점에서 점심을 먹었다. 저렴
한 가격에 현지식 팟타이를 먹을 수 있는 곳이었다. 영주권
을 손에 쥐면 자리에서 춤이라도 출 줄 알았는데 대신에 국
수만 후룩후룩 먹었다.

일은 영주권을 받은 다음 달에 그만뒀다. 좋든 아니든 베
를린 생활의 한 챕터가 끝난 듯했다. 한국으로 돌아갈지 독
일에 남을지는 여전히 정하지 못했다. 한국에서는 엄마의
류마티즘 관절염 진단 소식이 들렸고, 독일에서는 딱히 하

고 싶은 일이 없었다. 친구의 죽음 이후에 인생의 중요한 결정을 하고야 마는 드라마를 기대하기도 했지만 그런 일은 일어나지 않았다. 언제나처럼 고민에 빠진 일상을 보낼 뿐이었다.

우선은 마음 놓고 1년을 쉬기로 마음먹었다. 독일의 실업급여는 1년까지 받을 수 있는데 한 달을 살기 충분한 금액이었다. 남을지 말지는 1년 동안 천천히 생각해볼 작정이었다. 나는 삶에서 이해하지 못했던 일을 소화하는 데 시간을 쓰기로 마음먹었다. 미뤄둔 생각을 정리하기 위해 상담을 시작했다. 이십대 때 시작된 공황과 죽음에 대한 두려움에 대한 얘기를 많이 했다. 상담은 제자리걸음을 하기도, 작게 한 발을 내딛기도 했다. 그러다 갑자기 큰 깨달음을 얻기도 했다. 예를 들면 이런 대화였다.

"공황이 시작됐을 시기에 어떤 사건이 있었나요?"

"아뇨, 오히려 제가 스스로 돈을 벌기 시작해서 딱 숨통이 트일 때였어요."

"숨통이 트였는데 왜 공황이 왔을까?"

나는 5분이 넘도록 눈만 굴렸다. 선생님은 아무 말도 하지 않고 나를 기다렸다. 나는 대답을 할 듯 말 듯 입만 벙긋거리다가 말을 꺼냈다.

"이제 더 이상 살기 위해 발버둥 칠 필요가 없어져서요?"

선생님은 말없이 고개를 끄덕였다. 죽을 듯한 일상에서 살기 위해 아등바등하다가 더는 그럴 필요가 없어지니 이제 뭘 해야 할지 모르는 상태가 되었다는 말이었다. 나는 고민하다가 선생님에게 물었다.

"그럼 이젠 어떻게 해요?"

"성진 씨의 삶을 살아야지."

"제 삶을 살고 있잖아요."

"지금의 성진 씨가 살고 싶은 삶을 살아야지. 과거나 미래 말고. 지금의 성진 씨가 살고 싶은 삶."

나는 그제서야 내가 지금 하고 싶은 일에 대해 고민하기 시작했다.

요나스를 보내고 반년쯤 지났을 때 일리아스에게 '여전히 요나스가 그립다'는 메시지를 보냈다. 일리아스는 자신도 마찬가지라며 시간이 날 때 자기가 사는 동네를 놀러 오라고 했다. 미아와 막스는 잘 지내고 있다는 말도 덧붙였다. 3개월쯤 지나서 일리아스에게 안부 메시지를 보냈는데 답이 없었다. 한 달쯤 후에는 아예 메신저의 계정이 사라져 있었다. 잠수를 타는 일리아스 때문에 마음고생하던 요나스가 생각났다.

1년 동안 생각지 못한 일이 많았다. 우선 친구를 통해 아티스트 이랑이 운영하는 '스토리캠프'에 초대받았다. 생에 처음으로 창작을 했고, 글을 쓰면서 속에 있는 의문이 풀리는 경험을 했다. 비슷한 시기에 친구인 하미나 작가의 '하마 글방'에 서기 역할로 초대받았다. 서로의 글을 읽고 대화하는 수업이었는데 그때 처음으로 요나스에 대한 글을 썼다.

　그때쯤 나는 지금 하고 싶은 일을 떠올렸다. 남이 보기에 그럴듯한 직업을 갖는 일도 아니고 불안해서 돈을 버는 일도 아니었다. 내 속에 있는 이야기를 글로 쓰는 일이었다. 나는 일하는 시간을 줄이기 위해 생활비를 최소한으로 책정하고 글을 쓰기 시작했다. 미래에 대한 두려움은 개인 연금에 맡겨버렸다. 신기하게 이때부터 공황 상태가 되는 일이 잦아들었고, 지금은 반년에 한 번 정도 올까 말까 한 어색한 친구가 됐다.

　그리고 나는 베를린에 남기로 결심했다. 커다란 단 하나의 이유는 없었다. 수많은 계기가 얽혀서 나를 베를린으로 이끌었다. 글을 쓰면서 새로운 진로를 발견했고, 상담을 통해 현재에 집중하고 엄마와 나를 분리했다. 요나스와 지낸 경험도 중요한 계기였다. 요나스의 다양한 모습을 받아들이는 과정이 베를린을 인정하는 과정과 비슷했다.

그래서 나는 요나스를 내 첫 번째 책의 주인공으로 정했다. 긍정적이고 다정했던 플랫메이트, 커피와 아침 식사를 챙겨주는 일이 삶의 기쁨이라고 말했던 친구, 치가 떨릴 정도로 자주 노크를 해댔던 귀찮은 인간, 종종 인종차별적이고 흉보기를 좋아했던 사람, 죽음과 가장 가까우면서도 항상 현재에 집중했던 요나스. 나는 이 책으로 요나스를 마음 깊이 추모한다.

봄만 되면 요나스가 만들어달라고
졸랐던 생딸기 우유

재료

· 딸기 6알
· 우유 적당량
· 설탕 1큰술

01 딸기가 들어가기 충분한 크기의 컵을 준비한다.

02 딸기를 컵에 넣고 포크로 으깬다. 씹는 맛을 좋아하면 대충, 딸기맛을 진하게 내고 싶으면 짓무를 정도로 으깬다.

03 설탕을 넣고 딸기 과육과 잘 섞는다. 설탕 말고 꿀이나 알룰로스로도 대체할 수 있다.

04 컵에다가 원하는 만큼 우유를 붓고 잘 섞어서 먹는다.

'성진'이라는 이름을 정확하게 발음하지 못해 '숭진'이라 부르는 독일인 룸메이트 요나스와의 동거 생활 기록을 통해 맛있는 독일 식문화와 사랑을 간접 체험할 수 있었다. 낯선 식재료와 요리 이름들을 검색해 그 이미지를 찾아보며, 성진과 요나스가 나눴을 맛과 대화의 느낌을 상상했다. 누군가와 함께 마주 앉아, 먹고 대화하고 살아갈 수 있다면 그곳이 어디든 알레스 굿(Alles gut)!

이랑(작가, 뮤지션)

한 번도 먹어본 적 없는 낯선 독일 음식들과 한 번도 만나본 적 없는 작가의 독일 친구들에게 호기심을 넘어 이토록 깊은 그리움을 느끼게 만드는 책이라니. 이 책에 등장하는 첫 음식인 '슈파겔'에는 제철이 있고, 그 제철이 끝나는 날을 '슈파겔질베스터'라고 부른다고 한다. 이 책에는 한 시절 내 삶에 나타나 어떤 식으로든 커다란 발자국을 남기고 사라져 간 '시절 인연'들의 얼굴과, 그들과의 슈파겔질베스터를 아릿한 마음으로 되짚게 만드는 진한 여운이 있다. 그 여운은 지금 이 순간 내 곁을 지키고 있는 얼굴들까지 소중하게 들여다보게 한다. 사이사이 독일 특유의 문화나 사회적 분위기, 인종차별 같은 문제를 브로첸 위의 치즈처럼 자연스레 녹여낸 것까지, 맛깔나면서도 아련하여 마지막 장을 덮고 나서도 자꾸 책의 문장과 문장이 그려놓은 장면들이 생각났다. 생생한 글로 독특하고 특별한 친구 요나스를 우리 모두의 친구로 만들어준 작가에게 고맙다.

김혼비(에세이스트)

베를린에는 육개장이 없어서

© 전성진, 2024

초판 1쇄 발행 2024년 10월 22일
초판 4쇄 발행 2025년 5월 14일

지은이 전성진

펴낸곳 ㈜안온북스 펴낸이 서효인·이정미 출판등록 2021년 1월 5일 제2021-000003호
주소 서울시 마포구 월드컵로14길 28 301호 전화 02-6941-1856(7)
홈페이지 www.anonbooks.net 인스타그램 @anonbooks_publishing
디자인 이지선 제작 제이오

ISBN 979-11-92638-48-5 (03810)

**Alles gut,
Berlin**